# 社畜男はＢ人お姉さんに助けられて――③

櫻井春輝

社畜男はB人《びじん》
お姉さんに
助けられて――
3
Author: Sakurai Haruki
Illustration: Amu

# CONTENTS

# 第一話　仕方なかった……

「すっかり遅くなってしまったな……」

土曜の休日出勤を終えた大樹は玲華の家へ直行した。

次の日の日曜でなく、この夜に向かってるのは夜の露天風呂を楽しむためとか、そういう理由でなく、メッセージをやり取りしてる内に何となくそう決まったからだ。というより、前も泊まったんだから、今回も泊まるよね？　と玲華が当たり前のようにメッセージを送ってきて、強く否定する理由もなく、会う時間が早まる誘惑を大樹が拒めなかったためだ。

そして例によって手ぶらで来てくれていいということなので、その言葉に甘えて大樹は仕事を終えた足でそのまま玲華のマンションに向かっているのである。

時刻はもう間もなく午前零時という深夜。前回も遅い時間での到着だったが、今日はもっと遅い。仕事に集中し過ぎて、気づけば帰ろうと決めていた時間がとっくに過ぎていたのだ。そのため、大樹の歩みはせかせかと慌ただしい。

マンションに到着すると、いつものようにこのマンションのコンシェルジュである鐘巻に迎え入れられ、特に説明も受けずにカードキーをもらい受けた大樹は足早にエレベーターに乗り込むと、そこでホッと一息吐いた。

そうしたところで大樹は、自分がけっこう疲れていることに気づく。

思えば前に玲華の家を訪れてからの二週間、碌に体を休めていなかったのだから無理もないなと、肩に手を当て首をゴキゴキと鳴らしてからため息を吐いた。

広々とした格調高さを感じさせる廊下を渡り、玲華の部屋のインターホンを鳴らす。ここに来るのが久しぶりに感じるためなのか、どこかむず痒いような緊張感を覚えてまた一息吐こうとすると、扉は開かれた。

「おかえりー」

ニパッと表現するのが相応しいような笑みを浮かべた玲華にそう迎えられて、大樹は一瞬息を呑んだ。

そうなってしまったのは、扉が開くまでの時間が数秒と早かったからか、今の玲華の笑顔があまり見た覚えの無いタイプのものだったからか、それか疑う余地が無いほどに玲華が嬉しそうに見えたからか、前に顔を合わせた時よりも玲華が眩しく見えたからか……それか全てが要因か。そのため、大樹は口ごもってしまい、どうにかこの場に相応しい挨拶を絞り出した。

「た――ただ、いま」

するとその言い方がツボに入ったのか、玲華が噴き出し気味に肩を震わせた。

「なに？　ちょっと、ぎこちなくない？　さ、入って」

大樹は何となく感じた照れ臭さを誤魔化すように頭を掻きながら、玲華の背を追って中に入り靴を脱いでスリッパを履く。

「そう――でしたか？」

「ええ、ふふっ」

振り返った玲華は、はにかむように微笑んで、大樹を見上げる。

「久しぶり——ね？」

「そう——ですね」

「うん」

嬉しそうでありながら、少し照れ臭そうに頬を染め、手は後ろに組んでモジモジとしながら微笑みは絶やさずニコニコと玲華が見上げてくる。

「……」

数秒ほどか、そんな玲華を黙って見たまま大樹は、呆けてしまっていた。

（……な、何だ、この可愛い人は……⁉）

いや、玲華が超がつく美人で可愛い面があることも重々承知していた。だが、今日の、今の玲華の可愛らしさは今までで群を抜いているように思えたのだ。

そのため魂を抜かれたように大樹は見惚れてしまい——

「へ……？　うわきゃあああ⁉」

突然、玲華が自身の胸元でそんな叫び声を上げていた。

（ん……？）

どうしてそんなところから、そんな声が聞こえたのかと大樹が目を落とすと、玲華の綺麗な黒髪が生えている頭頂部があった。そして自分の体の前面部が妙に柔らかいものに触れていた。

特に自分の胸元から下の方にはボリューム感がありつつとても柔らかい何かが潰れているようなそんな感触がある。

「な、なななな、な——何なの、大樹くん⁉」

また玲華の盛大に慌てた声が自分の胸元から聞こえてきて、大樹はようやく状況を理解する。

「な、なに⁉　きゅ、急に何なの——⁉」

呆けている間に、大樹は知らずの内に玲華を抱きしめていることに気づいたのである。

疲れもあったせいだろう、玲華の顔を見て気が抜けてしまい、自制出来なかったらしい。

（不味い……）

今更ながら、どっと背中に冷や汗が流れ始めた。

「ね、ね、だだだ大樹くん⁉　きゅ、急に、どどど、ど、どうしたの——⁉」

だが、大樹は玲華が慌てまくっているせいか、逆に落ち着けた。

慌てている人を見ると、却って冷静になれるというのは本当だったようだ。

（あー……まずは……）

そこで内心で深呼吸するように更に自分を落ち着かせると、大樹はジタバタしつつも離れようとの抵抗はしていない玲華から、ガッシリ抱きしめていた腕をゆっくり離す。

そして露わになるのは真っ赤になって涙目の玲華の麗しい顔である。

そのまま再び抱きしめたくなった大樹は大きな自制心を働かせ、そっと玲華の肩に手を置くと、ジッと玲華を見つめた。

「え、え……？」

見たことないほど戸惑っている玲華に、大樹は静かに頷く。

「……っ⁉」

そして何かを察したような玲華が目を閉じようとしたところで、大樹はそっと手を離し、静かに玲華の脇を通り過ぎた。

「…………………へ？」

そんな間の抜けたような声を背に、大樹は無言でリビングへ向かう。

（……誤魔化せた……か？）

当然そんな訳もなく、リビングへの扉へ手をかけようとしたところで、大樹は火山が噴火したような気配を感じた。

「ちょ、ちょっと、待ちなさい――‼」

そしてドスドスと足音を立てて、振り返った大樹の前に立った玲華は、真っ赤な顔で憤然と大樹を見上げた。

「何、しれっと中に入ろうとしてるの⁉」

「……中に入ってと言ったのは玲華さんだったと思いますが」

惚ける大樹に、玲華はくわっと目を吊り上げた。

「んな話してんじゃないわよ⁉　さっきのは一体何なのよ⁉」

「……何のことでしょう？」

目を逸らしつつ大樹は更に惚けた。

「何って――！　い、いきなり、私のこと――そ、その――」

思い出したせいか、顔を更に染めて口ごもる玲華。

「はい、玲華さんのことを……何か？」

「な、何かじゃないでしょ⁉　い、いきなり人のこと、だ、抱きしめておいて‼」

そこまで言われたのなら仕方ない。大樹は開き直ることにした。

「ああ、それについては……仕方なかったことかと」

無念さをたっぷり込めて首を振りつつ紡がれた大樹の言葉に、玲華はポケッとしたように口を半開きにし目が点になった。

「………………は、はあー⁉」

たっぷり十秒経ってから玲華がそのように声を上げると、大樹は重々しく頷いた。

「いや、あれは玲華さんのせいでしょう」

「は？　え？　ちょ、ちょっと、何言ってるの⁉　どうして私のせいなのよ⁉」

「どうしてもこうしても、疲れてる時にあんな風に迎えられたら……」

大樹の本心であった。我を失って、抱きしめてしまったのは玲華が可愛すぎたせいである、と。

「え、えー……？　ほ、本当に何言ってるのよ……」

「とにかく、さっきのは大体、玲華さんのせいです」

大樹はこれで押し通すことにした。

「えええぇ……？　え、私のせいなの？」

「ええ、間違いありません。あれは仕方なかったです」

首を傾げて混乱し始めた玲華に大樹がここぞと強く頷くと、更に首を捻る玲華。

「えー？　あれー……？」

混迷を深めていく玲華《ポンコツ》の様子に、ひとまずは誤魔化せたかと、大樹が振り返ってリビングへの扉を開けようとすると――

「――って、んな訳ないでしょ!?」

腕を引っ張られ、大樹はつんのめりながら足を止める。

「そ、そんな訳のわからないこと言って誤魔化せると思ってるの!?」

もう少しで誤魔化されそうだった玲華に、大樹は向き直る。

「ああ、そうだ。一つ言っておかなかいといけないことがありました」

「……ひ、一つどころじゃない気がするけど……聞こうじゃない！」

虚勢を張るようにつんと顎を上向け腕を組み憤然とする玲華に、大樹は淡々と言った。

「抱き心地、非常に良かったです。率直に言って幸せでした。ごちそうさまです」

一体何を言われたのかとキョトンとし、次第に理解が走り始めたのか、見る見る内に顔を赤くしていく玲華に背を向けて、大樹は今度こそリビングへと足を踏み入れた。

「こ、こらー――!?」

遅れてそんな声が聞こえる頃には、大樹はジャケットを脱いで椅子に腰を落としていたのであった。

◇◆◇◆◇◆◇

「ほんと訳わからない、何で私のせいなのよ……それに私は突然のことで慌ててただけなのに、大樹くんだけ幸せ感じてたとか、それもなんかズルいし……」

玲華が隣でお湯を沸かす準備をしながらブツブツ愚痴っているのを、大樹は聞こえない振りしながら、夜食の準備を進める。

例によって、夕飯を満足に食べていない大樹は玲華に米だけ炊いてもらっていたのだ。

準備といっても、そう手間のかかるものではない。

梅を一つだけ、種を取って包丁で叩くだけで終わる。

「よし――」

勝手知ったるとばかりに納戸を開け、前に卵かけご飯でも使った塩昆布と、未開封の箱に入っていたダシ粉の袋と、カツオ節の入っている小袋を取り出す。更に冷蔵庫から、これは未開封ではなかった鮭フレークも引っ張り出す。

最後に丼ほどではないが、大きめの器にご飯を盛って終わりである。

以上、その他全てをテーブルの上に置くと、玲華から不満を隠せない声が発せられる。

「はい！　お湯沸いたわよ――！」

「ああ、どうも」

突き出すように差し出されたお湯の入っているであろうケトルを、大樹は苦笑を浮かべて受け取ると椅子に腰掛ける。

そしてムスッと拗ねた顔で、いつものように対面に座る玲華。

今は恐らく何を言っても藪蛇になりかねないため、敢えて大樹は声をかけない。それに玲華は怒ってはいるが、本気では怒ってはいないのが何となくわかる、というのもある。

（拗ねた顔しても可愛いだけだしな……）

先の一件が玲華のせいだというのは、今も変わらない意見であるが、自分が悪いというのも、勿論ある。

（でも、疲れてて、久しぶりに会う時にあんなに可愛く迎えられたら……うむ、やっぱり玲華さんが悪いな）

だから言えない――玲華が可愛すぎて我を失ったから気づいたら抱きしめてしまっていたなどと。

なので、この詫びは明日の食事を頑張ることで、相殺とさせてもらおうと大樹は勝手ながらに決めている。

だから大樹は何も言わず、淡々と夜食の仕上げを進める。

ご飯の上に、叩いた梅、カツオ節、鮭フレーク、塩昆布と載せ、最後にダシ粉をパラパラとかける。

不機嫌さを出しつつも興味を隠せないようにチラチラと黙って見ていた玲華が、ダシ粉をかけたところで驚き目を見開く。

「え、え――⁉　それって、ご飯にかけちゃっていいの⁉」

思わずといったように問いかけてくる玲華。好奇心を押し隠せなかったようだ。

「まあ、乱暴なやり方なのは否定しません」

計算通りと内心で呟きながら答えた大樹は、最後にケトルを傾けてお湯を注ぐ。

「そこでお湯――⁉　あ、ダシ粉を溶くため……」

「その通り。本来なら出汁は出汁で作ってそれをかける方がいいんですが……」

頷いた大樹は、お湯の浸かった白飯を載せたおかずと共にかき混ぜる。

するとダシ粉も混ざり、お湯に溶けて、ただの湯がダシ汁となる。

「あ、出汁とご飯と、おかず！　だから――！」

そこで正解に至った様子の玲華に、大樹はニヤリと笑う。

「ええ、超簡単のダシ茶漬けです」

予想もしてなかったように完成したものを見つめる玲華の喉がゴクリと鳴った。

◇◆◇◆◇◆◇

──ズズッ
大樹はひとまずとして、器を口まで持っていき、出汁を啜《すす》って味を確かめる。

（……少し薄いか……？）

ダシ粉は一袋入れた訳ではないので、残っていた分を少しかけて再びかき混ぜる。そして味を確かめるとちょうど良くなっていた。そこから更に醤油をちょろっとかける。これによって風味が増すのだ。

──ズズッ
味を確かめると、思わず頬が緩んだ。

（……うむ）

いい出汁加減、塩加減になった。好みの味になったためか、急速に食欲が湧いて早くそれを食べさせろと腹が訴え始める。

だがこのお茶漬けはお湯をかけたばかりで、熱々だ。一気にかき込むと火傷は免れない。

──ズズズッ
器を口につけて箸で飯を寄せながら一口分啜る。

「……はふっ」

熱さでそんな声が漏れるのもお茶漬けならではのこと。

だが、口の中は実に幸せである。出汁の旨みに加え、カツオ節と塩昆布の塩気と食感、最後に梅の酸味が更に食欲をかき立て、思わずもう一口、と啜ってしまう。

——ズズッ
今度の一口分には先と違っていて、鮭が混じっていて、それがまた味の変化を楽しませてくれる。

「……ふーっ……」

飲み下すと、ほうっと一息が漏れ出るのも仕方のないことだろう。

日本人はどうにも汁に浸かった米が好きだという遺伝子があるとしか思えないと、大樹は時々考えさせられてしまう。特にお茶漬けには、心を安らかにさせる何かがあるに違いないと大樹は思っているのだから。

さて、もう一口、と器を口に運ぼうとしたところで、大樹は強烈な視線を対面から感じて目を向ける。

見ると玲華が、口を半開きにして今にもよだれを垂らしそうなほど、お茶漬けを凝視しているのである。

「……」

こんな時間に食べたら太っちゃうじゃない！　と言っていた玲華の言葉を思い出し、大樹は心を鬼にして見なかったことにした。

——カカッ——ズズッ
少しだけ熱さが緩んだので、箸で器を鳴らして、先ほどより多めに頬張った。

「……はあっ……」

（美味い……）

疲れているというのもあるためだろう、体に沁み渡るような美味さを大樹は感じていた。

——カッカッカー——ズズッ
そしてまた更に先ほどより大きく口に入れて、ゆっくり噛みしめる。

カツオ節、昆布、鮭の食感がそれぞれ違うから、それがまた美味さを感じさせる。

「ふうっ……あれ」

やはり出汁茶漬けは美味いものだとしみじみ頷いていると、気づけば目の前から玲華がいなくなっており——

「あーん……」

隣に座って口を開けて待機していた。

「……」

ここに来て大樹は何度か思ったことがある。

構図的にこれは逆じゃないのかと。

(まあ、今更か……)

前回のことを考えると、言っても食べずに終わることは無いだろうと、大樹は黙って箸ですくった一口分を、軽く息をかけて冷ましてから玲華の口に入れてやる。

「……はふっ……」

やはり最初は熱そうにしたが、モグモグとしていく内に次第に驚いたように目を見開いていく。

「お、美味しい――！　本当に出汁茶漬けじゃない!?」

「でしょう？　こんな美味いものがこんな簡単に出来るんですから、日本人で良かったって思えますよね」

「ほ、本当に！　そういう味よね！」

コクコクと頷く玲華に、大樹は微笑む。

そして器を口にもっていって、カッカッカと箸を動かす。

「あ、ああ……」

玲華がいかにも物欲しそうな、未練たっぷりな目を器に向けてくる。手が少し伸びてきているが、どうもそのことに気づいてないように見える。

さっきの一口はよほど物足りなさを感じさせてしまったようだ。

――ゴクリ
器をテーブルに置くと、そんな音が大樹の耳に届いた。

「だ、大樹くん……ちょ、ちょっと、それ食べさせてほしいな……」

大樹は口の中のものを飲み込んでから、静かに玲華へ目を向ける。

「……別に構いませんが……」

そう言って大樹が器を持ち、一口分すくうと玲華から待ったが入った。

「ちょ、ちょっと待って……それだとお汁と一緒に食べれないから……」

器と箸ごとくれと言っているようだ。然もありなん、確かにお茶漬けは器を口に持っていって汁と一緒にするか、スプーンやレンゲで汁と一緒に食う方が美味いに決まっているのだから。

そうしたい気持ちはよくわかるので、大樹は器と箸を渡す前に確認をとる。

「いいですが……でも、いいんですか？　前はこんな時間に食べたら太るって気にしてたじゃないですか」

「うっ……」

痛いところを突かれたと言わんばかりに眉をひそめる玲華。

「で、でも、だって、こんなの我慢出来る訳ないじゃない！　目の前でそんな美味しそうなの一人で食べて‼　大樹くんだけズルいわよ‼」

「いや、ズルイって……食べたいのなら玲華さんも自分の分用意したら……」

何せ材料は全て揃っているのだから。大樹が至極もっともな反論をするも――

「そんなに用意したら食べ過ぎちゃうでしょ！」

やはり前回と同じ繰り返しになるだけだった。

大樹が一息吐いて器と箸を渡すと、玲華は目を輝かせて受け取った器を慎重にに口へ持っていき、「ふーふー」と軽く息をかけ、汁をすすりながら箸で具を口の中へ流す。

――ズズッ

「……！」

玲華の目が再び驚きに見開かれる。が、先ほど以上に興奮しているのがわかる。

「……ゴクッ……うう、美味しい……‼」

しみじみと玲華が言うのを、大樹は「うむうむ」と頷きながら同意する。

そして、器を返してもらおうと手を伸ばしたところで――

――ズズズッ

玲華が二口目にいっていた。

「……」

まあ、もう一口ぐらいは食べたくなっても仕方ないかと、大樹は寛容に見過ごす。

「……んーっ……鮭も昆布もいい仕事してるわね……！　美味しい……！」

咀嚼した玲華が堪らないとばかりにそう感想を漏らす。そして大樹が器を受け取ろうとすると、玲華が三度、器を口へ持っていこうとして――

「……え、ちょ、玲華さん？」

思わず大樹が抗議の声を上げると、玲華は器に口をつけたままチラッと横目で大樹を見ると、くるりと体を回して、大樹に背を向けた。その様は、何も聞かない、聞こえないと言わんばかりだ。

――カッカッカ――ズズズッ

そして今度は豪快に口の中へお茶漬けを入れたようだ。

「……ちょっと、玲華さん？　俺の分残してくださいよ？」

「………………ゴクッ」

――カッカッカーーズズズッ
大樹の抗議の声など聞こえないと言わんばかりに、またも箸を鳴らしてけっこうな量の一口を食した様子。

「いやいやいや、ちょっと玲華さん？　俺の夜食ですよ？」

この声にも玲華は耳を貸す様子はなく――

――カッカッカッカ……。

玲華は器の底が天井に向くほど傾けていた。

「……ちょ、ちょっと……！」

それ以上は見過ごせんと大樹が玲華の手を掴もうとすると、玲華は身をよじってそれを避けてしまった。

見ると玲華の口がプクリと膨らんで咀嚼している。器は当然のように空だった。

「ええ……」

大樹が喪失感の声を漏らすと、玲華からゴクリと飲み込む大きな音がした。

「……っはあー、美味しかった！　ご馳走様でした！」

してやったりな笑みで振り返った玲華が満足そうに告げてきた。

「……いやいや、ご馳走様って……何で、俺の夜食を完食してんですか」

大樹は空になった器を虚しく見つめながら言った。

「ふっふーん、さっきの仕返しだもんね。私怒ってるのに、そんな美味しそうなの一人で食べるとこまで見せるんだもん。だから――ご馳走様でした」

どうやらさっき大樹が抱きしめってしまったことへの意趣返しだったらしい。舌を出してテヘペロまでしてきた。

「はあ、そういうことですか……でも、いいんですか？　こんなに食べて……」

多めの器の半分ほどあったのを玲華は食べてしまったのだ。

「うっ……あ、明日、午前中にいっぱい運動するから大丈夫よ‼」

「まあ……覚悟の上なら、もう何も言いませんが……」

「お、オホホ……」

後ろめたそうにそんな笑い声を弱々しく発する玲華。

「まあ、とりあえず、お代わりを入れますか……」

半分しか食べれなかった大樹は空になった器を持って立ち上がった。

「さて、じゃあ、今度は――」

再び梅を叩くのが面倒だった大樹は梅以外は同じ具の出汁茶漬けを用意し、最後に一つさっきとは違うものを加えることにした。

「……今度は梅を入れなかったの？」

玲華がそう言って小首を傾げる前で、大樹は頷いた。

「ええ。今回は――これを」

そう言って冷蔵庫から出したチューブを見せる。

「……ゆず胡椒？」

目を丸くする玲華。お茶漬けでは意外だったのだろう。

「ええ、こいつを器の縁につけて、溶かす……と」

薄っすら柑橘系の匂いが漂い始める。

「よしよし――」

大樹は相好を崩して、器を口へ運んだ。

――ズズッ
口の中にダシの旨みと、柚子の爽快な香りが広がる。

「うむ……」

当然、文句なしに美味い。そんな大樹の思いが伝わっているのだろう、玲華がジッと見てくる。大樹はそのことに気づいているも、一切目を向けなかった。

――カカッ――ズズズッ
「はー美味い……うん、柚子が入るとまた味が変わって美味いな」

――ゴクッ
そこそこ腹が膨れているはずの玲華から、そんな音が聞こえてきたが、大樹は構わず、また一口と器を口に運ぶ。

――カッカッカ――ズズズッ
「……ふう。うむ、柚子入りは、最高だな。本当に美味い」

物欲しそうにこちらをジッと見る玲華に気づきながら大樹がこう言っているのは、勿論ワザとである。

——カカッ——ズズズッ
「はー美味い……」

——カカッ——ズズズッ
「うーむ、美味い……」

——ゴクッ
散々見せびらかしたせいで、玲華が恨めしそうにこちらを見ている。

「ぐ、ぐぬぬ……」

遂にはこんな声まで漏らし始めた玲華とようやく目を合わせた大樹は、勝ち誇った笑みを浮かべてみせた。

さっきのお茶漬けを全部食べられた大樹の意趣返しである。意趣返しの意趣返しとなってしまったが、何となく玲華に勝ち逃げされるのが嫌だった大樹のささやかな復讐である。

それを玲華は察しているのだろう、だから一口だけという言葉を出さない。

「も、もう——! 大樹くん! 意地悪が過ぎるんじゃないの⁉」

「——はて、何のことでしょう? 俺はただ夜食を食べてるだけなんですが」

「ぐぬぬ……大樹くんがこんなひどいことするなんて……」

さめざめと泣く真似をする玲華に、大樹は首を横に振りつつしみじみと言った。

「まさか、用意した夜食を食べ尽くされるなんて、俺は思いもしませんでした……」

「あ、あれは、でも、だって――！」

玲華が反論するも、大樹は間髪いれず言い返した。

「あれは仕方なかったことです」

「だから！　何が仕方なかったのよ――⁉」

顔を赤くして抗議する玲華をまた抱きしめたくなった大樹であった。

その後も散々大樹は煽りまくったが、結局は最後の一口を玲華に譲ってあげ、玲華はその最後の一口を食べて満足そうになったのだった。

◇◆◇◆◇◆◇

「――くん！　起きて、大樹くん‼」

ハッと気づけば大樹の耳にそんな声が聞こえて、体が揺さぶられていた。

「……？」

「起きた……？」

大樹は椅子の上で、テーブルに顔を伏せるでもなく、座ったまま寝てしまっていたことに理解が至った。

「はー っ…………」

どうやら首を上向けて寝てしまったようで、変に凝って痛んだ。

寝不足だったこと、疲れていたこと、玲華に会って気が抜けたこと、夜食を食べて腹が落ち着いたこと、それらが合わさったことによって、眠気に襲われ眠ってしまったのかと、半分寝惚けた頭でどうにかそれだけを大樹は察した。

首をゴキゴキとほぐしていると、玲華がホッとしたように言った。

「ちょっと私がお手洗い行ってる間に寝ちゃうなんて……すごく疲れてるみたいね。お風呂は明日にして、もう寝たらどう？」

「いや……いえ、そうしましょうか」

このままでは風呂に入って、また寝てしまうだろう。

玲華に手を引っ張られるままに大樹は立ち上がって、前回来た時に眠った和室まで誘導された。

「──はい、これに着替えてね」

渡されたのはまたも浴衣である。

今はとにかく眠く、すぐ寝たかった大樹にとって、着替える手間が少ない浴衣はありがたかった。

「どうも……」

半分寝惚けながら大樹は、シャツのボタンを外し始め──

「あー、えっと………じゃ、じゃあ、おやすみなさい!!」

どこか焦ったような玲華に、大樹は首を傾げた。

「？　おやすみなさい……」

襖を閉めた玲華を見送って、大樹は雑に服を脱ぎ浴衣を羽織るだけの形で着たら、もう敷かれていた布団の上に倒れるように体を落とすと、泥のように眠りについたのであった。

## 第二話　話があります

「んん……朝か……」

目が覚めて見慣れぬ光景に戸惑いかけたが、それもすぐ治ると大樹は体を起こしてぐっと体を伸ばした。

そうして眠気がスッキリし始めると同時に、大樹は自分の体——正確には浴衣から慣れない匂いを感じた。

「……？」

右手の袖口を鼻に近づけてみると、どこかホッとするような、それでいて胸が騒ぐような良い匂いがした。反対に左手の袖口を匂ってみると、そうでもない。

「……？　いや、洗剤の匂い、か」

ここは玲華の家でこの浴衣は玲華が愛用しているだろう洗剤で洗濯されたものだ。ならば、自分が嗅ぎ慣れず、そして良い匂いがするのも当たり前かと思い直した。

匂いが偏っているような気がするのは、寝ている間に汗が集中して匂いが薄れてしまっただけなのだろう。昨夜に気づかなかったのは、着替えると同時に眠りに落ちたためだろう。

「ふむ……良い匂いだな、何の洗剤なのか教えてもらうか……？　いや、やめとくか、きっと高いやつだろう」

大樹はため息を吐いて断念した。

リビングに入ると、まっすぐ目に入ったのは、予想通り期待通りに玲華であった。が――

「お……は……よ、う、大、樹くん」

少し苦しそうに声を紡いでいるのは、玲華がヨガマットらしきものを敷いて、その上でヨガっぽいストレッチをしていたからだ。

手をついて上半身を思いっきり逸らしている。

（……けっこう柔らかいんだな……）

なかなか堂に入っている。普段からやっているのだろう。

問題はそれよりも、玲華の格好である。タンクトップにレギンスっぽい薄手のパンツと、玲華のスタイルの良さがこれでもかとわかる格好だった。

特に今は上半身を思いっきり逸らしているため、ただでさえ大きな胸が零れんばかりに強調されてしまっていて、非常に眼福――いや、目のやりどころに困るものだった。

「……ふうー……おはよう、大樹くん」

やっていたポーズをやめて、座り直した玲華がニコッと再び挨拶をしてきて、大樹は我に返った。

「お、おはようございます……」

「あはは、ごめんね。こんなところ見せちゃって」

「いえ、とんでもない。日々のトレーニングは大事です」

大樹は真顔で言った。

そう、トレーニングは大事である。

大樹は日々錆びついていく己の筋肉のことを嘆いて、重苦しいため息を吐いた。

「あ、あはは……あ、ちょうどよかった。押してくれない？」

長座で座り直した玲華は、自分の背中を指差した。

「構いませんよ」

快諾して大樹は玲華の背後に回ると、背に手をつけてゆっくり押した。

「んんーっ……」

少し色っぽい声を出しながら、そして予想した通りに、抵抗なくググッと玲華の顔が膝あたりにペタッとつく。それも背が曲がる形でなく、ちゃんと腰から倒れている。

（……柔らかいな）

大樹は二重の意味を持って内心で呟いた。

柔軟的な意味で一つ、もう一つは背中自体が柔らかいということだ。適度にムッチリしているというべきか。

そこで大樹は昨日の玲華の抱き心地を思い出して、少し顔を赤くしてしまった。玲華が顔を伏せているために、見られずに済んで幸いであった。

「んにい………も、もう、いい、わよ、大樹くん」

なかなかに長い時間が経った頃に玲華がそう言ったので、大樹は押すのをやめる。

「ふうー……」

体を起こした玲華は汗を拭うと、ニパッと笑って「ありがとう」と告げてきた。

「いえ……毎朝やってるんですか？」

そう尋ねると、もう終わりなのか、玲華が立ち上がろうとしたので大樹は手を取って助けてやる。

「ありがと。んー……平日はやってない時もあるかな。土日はなるべく毎週やるようにしてるわ」

「なるほど。立派なことです」

「あっはは。でも今日は特に長めにやってたけどね」

それが決して大げさに言ってることでないのは、玲華の肌に光る汗が物語っていた。

そして、今日長めにやっていた理由は何となく察せた。恐らくは昨日食べ過ぎた夜食のせいだろう。

「ふーっ、うん、いい汗かいた。じゃあ、シャワーしよかな。大樹くんはお風呂入ってきたら？　昨日入らずに寝たから汗気持ち悪いでしょ？　露天風呂用意してるわよ？」

首にかけてたタオルで汗を拭う玲華の言葉に、大樹は目を丸くした。

「え、今朝も用意してくれたんですか？」

「うん。そう言っても、昨日入ってないから洗う手間もなかったし、お湯入れ替えただけよ」

「ああ……いや、ありがとうございます」

ありがたさから大樹が思わず頭を下げると、玲華は苦笑して手を振る。

「もう、そんなのいいから。さ、行きましょう?」

頷いて共に浴室へ向かおうとしたところで、玲華が突然思い出したように立ち止まった。

「あ」

「? どうしました?」

大樹も一緒に立ち止まると、玲華は悪戯を思いついたような顔になると大樹を見上げてからニコッとして——

「えい」

そんなかけ声と共に、正面から大樹に抱きついてきた。

「——っ⁉ ちょ、ちょっと玲華さん——⁉」

「んー……」

大樹の驚き慌てる声など聞こえないとばかりに、玲華は両手をしっかり大樹の背に回してガッチリ掴み、そして大樹の厚い胸板に頬擦りした。

「れ、玲華、さん——?」

大樹が混乱しながら声を出すと、玲華はスーッと息を吸い込んでから、体を離した。

そうして現れた玲華の頬は赤く染まって、目は少しトロンとしていた。が、すぐに首を振って、目が正気に戻る。

「——ふ、ふ、ふっふーん、き、昨日の仕返しだもんね」

大樹を見上げながら、引きつりそうな頬でぎこちなく言ってきた。

「!……そ、そうですか……」

そういうことかと腑に落ちた大樹は肩を落として脱力した。寝起き早々の出来事だったので、えらく疲労を覚えた。

「ほら！　やっぱりいきなり抱きつかれたら驚くでしょ!?　私の驚きがわかったか！」

我が意を得たりとばかりに、ふんすと腕を組んで玲華がそんなことを言うので、大樹は顔を上げると、玲華をジッと見下ろし――

「へ……ふきゃあああああ!?」

仕返しとして無言で思いっきり抱きしめてやった。

◇◆◇◆◇◆◇

「はああああ……」

湯に浸かった大樹から、何かが抜けるような声が漏れていく。

朝に入る露天風呂は最高である。朝というにはもう昼に近い時間であるが、陽のある内の露天風呂は夜に入る時とはまた違う趣きというか、夜とどちらが上という問題ではなく、一味違うように思える。

玲華からは、自分はシャワーの後にドライヤーやら化粧やらがあるから、ゆっくり浸かってくれていいとのことで、大樹はその言葉に甘えて朝（昼？）風呂をゆっくり堪能している。

昨日からの睡眠で睡眠不足は解消され、残っていた疲労はここで出来得る限り抜けてくれと言わんばかりに、大樹は体を大の字にして弛緩させている。

「しかし……いかんな、色々と我慢がきかなくなってるような気がする」

正式に申し込むまでは、迂闊なことは避けようと思っている大樹である。それが昨日から二回、思わず玲華を抱きしめてしまったのだ。

「いや……両方とも、玲華さんが悪い。うむ、間違いない」

先の二回目は大樹自身もどうかというところもあるが、やはり玲華が魅力的過ぎるせいだろうと、大樹は思い直した。

ちなみに先ほど抱きしめた後の玲華は怒らなかった。機嫌を損なっているようにも見えなかった。目を泳がせ少しフラついた足取りで、大樹への文句もなくシャワーに向かっていったので、少し拍子抜けした大樹であった。

「もう、気つけねえとな……」

玲華は見たところ、驚きはしたが嫌がってはいなかった。だからと言って、まだそういう関係になっていない内は避けるべきだろうと大樹は反省する。

「はーあー……」

そうして出た吐息が嘆息なのか、風呂に入っている時特有のアレなのか、大樹自身にも判断がつかなかった。

「あ、おかえりー。ちょうどコーヒー入ったとこだけど、飲む？」

リビングに戻ると、言葉通りに淹れたばかりだろうコーヒーポットを手に持った玲華が聞いてきた。

「ああ、いただきます」

「はーい」

シャワーをして落ち着いたのだろうか、先ほどのような戸惑いはもう見えず、いつも通りの玲華で、大樹は思わずホッとしてしまった。

椅子に座ると、両手にカップを持った玲華も対面に腰掛けて大樹に片方を差し出してくる。

「はい」

「ありがとうございます——いただきます」

そして口をつけると、ああ二週間ぶりだなと懐かしく思ったのも束の間。

「あつい……」

二重の意味で大樹は思わずそう漏らした。

何せ大樹は風呂上がりで体は火照っている。そんな状態で最初の一口に熱々のホットコーヒーなど、なかなかに苦しいものがある。

そこで大樹は違和感を覚えた。いつもの玲華なら風呂上がりには冷たいものを出してくれるのにと、不思議に思って目を上げると――

「ぷっ――くくっ」

玲華はこちらを見て肩を震わせていた。

「玲華さん……」

そうか、これはワザとなのかと大樹は悟り、ジトっと玲華を見つめた。

「あっははは！　ご、ごめんごめん！　熱いよね？」

「そりゃ、そうでしょうが」

「あははは！」

腹を抱えて一頻り笑ってから玲華は説明し始めた。

「はー、笑った。うん、これはさっきの仕返しだから」

「やっぱりですか……」

「昨日から大樹くんに驚かされてばかりだしね、いいでしょ、これぐらい？」

最後にウィンクまでされて、大樹は両手を上げて降参の意を示した。

「ふっ、ふふっ――うん、ごめんね。コーヒは飲みたくなってから飲めばいいから。冷たいの持ってきてあげる、何がいい？　やっぱりビール？」

そう聞かれて大樹は反射的にビールと答えかけたが、今日は真面目な話があるのを思い出して踏み止まる。

「いえ――冷えた水かお茶でもいただけたら」

答えると、玲華が意外そうに目を瞬かせた。

「あれ？　珍しいわね、ここで大樹くんがビールを選ばないなんて――もしかして、まだ疲れてる？」

そして心配そうに窺ってくる玲華に、大樹は苦笑する。

「いや、それはもう大丈夫ですから」

「そう――？　お茶でいいの？」

「ええ」

「はーい」

どこか腑に落ちないように小首を傾げている玲華に、大樹は再び苦笑を浮かべる。

（すっかり飲兵衛に思われてんな……）

だが、それは否定出来ないことでもあったのだ。

「――ふー……、それで玲華さん、今日は話したいことがあるんですが……」

冷えた麦茶を飲み干し、人心地のついた大樹はグラスをテーブルに置いて早速切り出した。

「……話？　私に？」

キョトンとする玲華に、大樹は真剣な顔で頷いた。

「ええ、玲華さんに、です」

「？…………！」

何の話だろうと玲華は不思議そうにしたが、すぐに何かを察したようにハッとすると、じんわりといったように頬が染まっていき、口をパクパクとさせる。

「え？　今……？」

小さくそれだけ呟くと、緊張したように座り直し、残像が出そうな勢いでパパっと髪を整えた。

「は、はい……な、何かしら……？」

未だ頬は染まったままで、緊張気味に俯きがちになって、そして何か期待するようにチラチラと大樹を見上げながら問い返す玲華。

「……えーっと……」

大樹は何か盛大な誤解が起こっているような気がした。

なので、「ゴホンッ」と咳払いをして、こう言い直した。

「『SMARK'S SKRIMS』の社長である玲華さんに、話したいことがあります」

「…………へ……？」

大樹はこの時、鳩が豆鉄砲を食らったらこんな顔をするんじゃないかと思った。

そして、たっぷり三十秒ほど経ってから、玲華は再起動した。

「へ、あ……あ、そう。あ、はい、えっと……社長である私に話……？」

「そうです」

真面目な顔で頷いて返すと、玲華の顔が徐々に沸騰したように赤くなっていく。

「あ、そ、そう……あ、はい。わかったわ、ちょ、ちょっと待ってくれる……?」

そう言って玲華は大樹から目を逸らして、パタパタと自分を扇いでクールダウンを始めた。

そしてコーヒーをググッと飲むと、すーはー、と深呼吸をしてからキリッと大樹を見つめた。

「ええと……『SMARK'S SKRIMS』の社長としての私に話したいことがあるのね……?」

その瞬間、大樹は玲華から厚みのある『威』を感じさせられ、思わず唸った。

玲華がポンコツの皮を脱いで社長へ——いや、ポンコツの奥底にある社長の顔を出したためだろう。

(ここでたまに見たことあるが……やっぱり社長なんだな)

そう思ってしまう辺り、大樹の中で玲華=ポンコツの図式が成り立っているのがよくわかる。

「……はい」

気合いを入れ直して大樹が頷き返すと、玲華はゆっくりした動作で片手を頬に当て小首を傾げた。

「何かしら……?」

そんな特になんてことない仕草なのに、普段とは違う『品』みたいなのを感じさせられて、玲華の一挙手一投足に注目してしまいそうになる。

そんな——紛れも無い、カリスマ性がそこにはあった。

大樹はツバを飲み込んでから言った。

「はい、話——というより、お願いしたいこと、というのが正しいかもしれませんが……」

そこで一度区切ると、玲華は再度首を傾げる。

「ん？　お願い……？」

おうむ返しに呟き玲華は少し考えたように視線を彷徨わせたが、すぐ大樹と目を合わせ、不敵にニヤと笑ったのである。

「そう……じゃあ、そういうことなら私からも大樹くんに話したいことがある、かな」

見透かしたように言われて、大樹は確信を深めた。

（やはりか……）

玲華は大樹のこの相談を待ってくれていたのだ。

（だが、玲華さんからも話……？　何だ……？）

大樹は疑問に思いながら、口を開く。

「はあ、俺に話……ですか？」

「ええ、そうね。けど、その話はゆっくりしたいから、その前に——」

そこで区切ると、首を傾げる大樹の前で、キリッとしていた玲華の顔がふにゃりと崩れた。

「大樹くん、私お腹空いたー！」

なるほど、時計を見ればもうすぐ正午。

そして大樹が猛烈に脱力したのは言うまでもないことだ。

# 第三話　これが見たかった

「やだ、私ったらいつの間にカフェに来ちゃったのかしら……？」

テーブルに並んだ料理を前にして、玲華がニヨニヨと笑み崩れている。

「はは、大げさな」

苦笑気味な大樹に、玲華は目をキラキラさせたまま反論する。

「もう！　大げさなことなんて全然ないわよ！　どれもお洒落な感じで美味しそう！　あれもこれも！」

そう言って、玲華がテーブルの上の料理を指差していく。

大樹と玲華それぞれの前にある大きめの皿には、ベーコンエッグのトーストにサラダが添えられていて、コンソメスープの入ったカップも載せられている。そして二人の間には四分割されたピザトーストと、マヨコーンチーズのトーストがある。

トーストだらけなのは、玲華に何を食べたいか聞いたら「寝る前にお米いっぱい食べちゃったし……」と、パンを希望したからだ。

「どれも簡単なんですがね……」

「そんなの関係ないわよ！」

「はは──まあ、さっさと食べますか──いただきます」

「いただきます！」

手を合わせた玲華はいつもの如く、サラダから手を伸ばしている。

サラダはたまねぎ、レタス、トマト、きゅうりを切ってドレッシングをかけた簡単なものだ。

「んー……美味しいわね、このドレッシング……？　これ、家にあるやつじゃないわよね？」

一口食べた玲華が小首を傾げて聞いてきたので、同じくサラダを食べていた大樹は頷いた。

「ええ。作ったやつです。簡単ですよ、オリーブオイルにレモン汁、塩、醤油を混ぜただけです」

「醤油⁉……あ、言われると薄っすら味がするかも……うん、レモンがサッパリして美味しいわね、これ」

「ええ。それにこのドレッシングですが、レモン汁の代わりに別のものを使ってとか出来ますよ」

「へえ……例えば？」

「そうですね。昨日のお茶漬けでも使いましたが、ゆず胡椒を混ぜたりとか」

「ふんふん。ゆずだったら間違いなさそうな感じよね」

「ええ。それに、後は……みかん使ってみかんドレッシングなんかもありですね」

「みかん！　それも美味しそうね……」

言いながら玲華はカップスープを手にとって、一口啜る。

「んー、ホッとする味。美味しい」

コンソメスープは固形コンソメを使って、キャベツ、にんじん、じゃがいも、玉ねぎ、ウィンナーを煮たものだ。野菜がゴロゴロしているのが好きな大樹の好みから、汁より野菜の方が多く見えてしまうほどだ。

大樹もカップスープを手にとり、大口を開けて流し込むように口に入れる。

旨味あるスープが口の中に広がりながら、いものホクホク感、シャキッとしたキャベツや玉ねぎ、にんじんの食感、最後にプツッと音を立てるようにウィンナーが食べ応えをくれる。

「うむ……」

このスープを作るのは久しぶりのような気がするなと思いながら味わった。

「んん～！　ピザトースト美味しいわね！」

どうやらスープ、サラダと口をつけた玲華はメインのトーストの中で、ピザトーストを一番に手にとったようである。一口齧って目を輝かせている。

どれ、と大樹もピザトーストを手に取って食べる。

（そういや、これも作るの久しぶりか……）

子供の頃から食べていたもので、今でも好きで一人暮らしを始めてからもよく作っていたものだ。

作り方は食パンにケチャップを塗り、スライスしたピーマンを載せると缶詰のコーンをちりばめ、輪切りしたウィンナーも載せる。その上に最後にとろけるチーズを被せて、トースターで焼くという、簡単なものだが、非常に美味い。

チーズの柔らかさと食パンのカリッとした食感の後に、ケチャップの酸味とコーンの甘み、ウィンナーの味。ピーマンは不思議と苦味をまるで感じず、寧ろ甘いと思ってしまうようになる。

「……うん、美味い」

「ええ、本当に！……そういえば、ピザトーストだけど、これはケチャップなのね？　ピザソースもあったような気がするんだけど」

確かに冷蔵庫の中には未使用のピザソースがあった。なのに、大樹はピザトーストを作るのにそれを使わず、ケチャップを使ったことに疑問を覚えたのだろう。

不思議そうな玲華に、大樹は水を一口飲んでから答えた。

「あくまで俺の感想ですが、ああいうピザソースを使ってのピザトーストは味が濃く感じるんですよね。あと、匂いもきつくなるというか……よりピザっぽくなって美味いことは美味いんですが、ケチャップで作る方が、俺は好きなだけです」

肩を竦めての大樹の言葉に、玲華はふんふんと頷く。

「そういや、このピザトーストなんですがね、ピーマンを抜くと意外なほどに味気なくなるんですよね」

「へーえ、そうなんだ？」

「ええ。たまにピーマンが苦手な子供なんか見ると、これを食べさせたら苦手意識も無くなるんじゃないかと思う時があるぐらいです」

「なるほど……？　あ、もしかして実体験だったり？」

ニシシと悪戯っぽく笑う玲華に、大樹は目を逸らした。

「あっははは！　大樹くんにも子供時代はあったもんね、仕方ないよね」

「そう言う玲華さんは、苦手だったものは？」

「私？　私は……そういえば、子供の頃はお刺身が苦手だったかなあ……」

「ああ、子供の頃に生物《なまもの》が苦手というのはよくある話ですね」

うんうんと頷く大樹に、玲華は「そうよねー」と苦笑しつつ、マヨコーンチーズのトーストを手に取り齧って目を丸くする。

「うーん……これも美味しい……！」

「ああ、それ美味いでしょ。この中でも作るのは一番簡単なやつですが」

「へーえー？　ああ、でも確かに見た目はそうなのかも……」

そう、玲華《ポンコツ》でも作れるかもと思えるほどこれは簡単なものなのだ。

ピザトーストでも使った缶詰のコーンにマヨネーズを混ぜて、それを食パンに載せ、更にその上にとろけるチーズを被せてトースターで焼くだけである。最後に粗挽きペッパーをかければ見栄えも良くなり、味も引き締まる。このトースト、チーズが無くても十分美味いのだが、玲華はチーズ好きだろうと思って載せている。

大樹も手に取ってカリッと食べる。

マヨネーズは熱が加わって香ばしく、そこにコーンの甘みとチーズの旨味が混ざる。シンプルな味で、実に美味い。

「うむ……これなんですが、コーンが無いやつでも十分に美味いですよ」

「え？　そうなの？」

「ええ。マヨネーズを塗った食パンにチーズを載せて焼くだけです。時間が無い朝なんかにはなかなかいいですよ」

「おおー！」

「これなら玲華さんでも作れるでしょう」

余計な一言を言った大樹に、玲華がムッと目を向ける。

「ちょっと！　今の私でも、ってのは失礼なんじゃない⁉」

「……？」

「その『何言ってんのこの人』って顔をやめなさい！」

顔を赤くして怒鳴る玲華に、大樹は目をパチパチと瞬かせた。

「ああ……そういえば、失礼だったかもしれませんね。これは申し訳ない」

大樹が素直に謝ると、玲華はうむうむと偉そうに頷いた。

「食パンをよく食べている玲華さんに、このレシピは簡単過ぎましたね。いや、申し訳ない」

「え……あ、う、うん……？」

「そんな玲華さんのことですから、普段食パンをどのように食べているのか是非お聞きしたいところです。こんな簡単なものを作れると言ったことが失礼に値する玲華さんなら、さぞかし美味い食べ方を知っているのでしょう。どうかこの私めにその普段の食べ方をご教授いただければ」

無駄に真面目ぶった顔で大仰に首を振りながら大樹が言えば、玲華は口をパクパクとさせて、詰まりながら言う。

「え、えっと……」

「はい」

「そ、そのまま食べたり……」

「なるほど、食パンの味そのものを楽しむにはいい食べ方でしょう」

大仰に相槌を打つ大樹に、玲華は怯む。

「ううっ――ち、チーズ載せて焼いたり……」

「なるほど……？」

目で他には？　と問うと、玲華は怯みながら口を動かした。

「や、焼いてから、バター塗ってとか……あ！　ジャムも塗ったり……」

「はい、一番ポピュラーな食べ方ですね。美味いですしね」

更に目で問うと、玲華は「うう……」と、眉尻を力なく下げる。

「も、もう――！　大樹くんの意地悪！　私がどう食パンを食べてるかなんて知ってる癖に‼」

玲華が泣きそうな顔で叫ぶと、大樹は我慢をやめて噴き出した。

「くっ……はっは、そうですね。前にも聞きましたし、知ってました」

「そうよ！　私言ったことあるの覚えてるし！　それなのにワザワザ言わせようとするなんて！」

「ははっ——それについては謝りますし、俺の言い方も失礼だったのは確かですが、玲華さんも悪いんですよ？　そうまで言うなら聞かせてもらおうって気になりますって」

「う……」

目を泳がした玲華は、手元にあるフォークとナイフに気づいて手に取ると、ワザとらしく言った。

「さーて、こっちのお味の方はどうかしら—？」

そう言って、ベーコンエッグのトーストにナイフを刺し入れた。

大樹は苦笑しながら、同じようにフォークとナイフを手に取った。

「ん～……！　やっぱり、これも美味しい——！」

先ほどまでのことなど何もなかったように、途端に顔を輝かせる玲華。

それを見て大樹は満ち足りた気分になった。

先週、会えなかった時からこれが見たかったのだ。

自分の作ったものを食べて、喜ぶ玲華の笑顔を見たかったのだ。

（こんな美人の、食いしん坊なとこが見たかっただなんて、俺も俺か……）

内心の苦笑を押し隠し、大樹はナイフで切り分けた分を口に含む。

半熟のとろりとした黄身がかかった白身とベーコンにトースト。よほど下手に作らなければ不味くなりようがないそれは文句無しに美味かった。

作り方もそう難しいものでないが、他に比べて少しだけ手間はかかっている。あらかじめ卵を電子レンジで少し加熱しておき、焼いたベーコンと一緒に食パンに載せると、アルミホイルで包んでオーブントースターで卵の表面が半熟になるまで焼く。黄身が白い膜で覆われるようになる頃が目安である。仕上げにブラックペッパーをかければ、味も良くなる上に、最初に玲華が言った通りグッとカフェのメニューっぽい見た目になるのである。

勿論、見た目だけでなく味にも満足して玲華はニコニコと食べ進めている。そんな彼女を前に、大樹は満足感を覚えながら、トーストを口に運んでいったのであった。

◇◆◇◆◇◆◇

「ふー、美味しかった。ごちそうさまでした！」

「お粗末さんで。ごちそうさまでした」

用意した食事は綺麗に無くなり、空いた皿もテーブルの上から片付けた二人は、食後のコーヒーを味わっている。淹れたのは勿論玲華である。

「……やっぱり美味いな、玲華さんのコーヒー……」

しみじみと大樹が言うと、玲華が大きな胸を張って得意げな顔でドヤる。

「ふふん、コーヒーは自信あるからね」

「ええ、コーヒーは見事です。コーヒーは」

「む、う……なんか、褒められてる気がしない……」

「何を言ってるんですか、褒める言葉しか言ってないはずですが？」

「そ、そうだけど……そうだけど……」

頭を抱えそうな玲華に、大樹は笑い出しそうになるのを堪えて澄ました顔でコーヒーを口に含んだ。

それから、二人して特に話もせずゆっくりコーヒーを飲みながら暫し経った頃。

「さて――さっきの話の続きをしましょうか」

玲華がキリッとした顔になって、大樹を見つめた。

そのつもりはないのだろうが、圧が伴ったような視線を受けた大樹は腹に力を入れてから居住まいを正した。

「ええ、そうですね」

「……？　大樹くん、そんな緊張しなくてもいいと思うけど？」

小首を傾げる玲華に、大樹は苦笑を浮かべた。

（……やっぱり無意識なんだな）

玲華からしたら自分の振る舞いを変えている意識なんて無いのだろう。ただ、社長の思考になるとそうなってしまうということなのだろう。

「はは、すみません」

「別に謝らなくてもいいけど……」

ふふと玲華が微笑むと、『華』が溢れているように大樹は感じた。

「では――改めて、玲華さん。頼みたい――いえ、お願いしたいことがありまして――？」

そこまで言ったところで、玲華に止まるように掌を向けられて、大樹は口を噤んだ。

「うん。先に私から話していい？　さっき私からも話したいことがあるって言ったじゃない？」

少し悪戯っぽく笑って言う玲華に、大樹は首を捻る。

「ええ、それは構いませんが……」

出鼻を挫かれた感が否めない大樹だが、玲華は大樹の話を察しているようだから、無闇に言っている訳ではないと思って頷いた。

「ええ、それじゃあ――」

そこで一度区切った玲華はニコリと微笑んで言ったのである。

「大樹くん、あなたの後輩三人と一緒に私の会社に入って、働く気はありませんか――？」

# 第四話　否やはありません

「え……は……？」

思いがけないことを耳にして大樹が混乱している間、玲華はニコニコ微笑んでいるだけだ。

後輩三人への誘いはわかる。何故なら大樹が玲華に相談していたからだ。自分から持ちかけるのを待ってくれていると確信していたが、それでも玲華から勧誘するように言われたことは驚いた。驚いたが、それよりだ――

「三人と一緒に……俺も……ですか？」

自分のことを二の次にしていた大樹にとって、自身も誘われることはまるで想定外のことだった。

「ええ。その方が大樹くんも安心出来るんじゃない？　今の会社辞めても後輩三人のすぐ傍にいれるし。それに出来るならまた後輩達と一緒に働いていきたいと思ってたんじゃない？　違う？」

「……それは、そうですが――」

「ああ、勿論大樹くんを誘った理由はそれだけじゃないわ」

聞こうと思ったことを先に言われた大樹が口を噤むと、玲華はクスリと微笑んだ。

「そうね……初めて会った日の――じゃなくて、その次の日の夜ね。名刺交換したじゃない？」

「そうですね」

「ええ。そして大樹くんの名刺から社名を知った私は、大樹くんみたいに体力のありそうな若者を倒れるまで働かせるなんて、どれだけのブラックぶりなのかと、少し頭にきたのもあって、調べました」

「……ええ」

それに関しては予想していたことだ。玲華のように優良企業を経営している人間からしたら木っ端に過ぎない会社だろうが、経営者として興味を持ってもおかしくないなと。

「そしてわかったのは、大樹くんの会社の予想以上の酷さと――」

そこで玲華は大樹をチラッと見ると、困ったように眉を寄せて笑んだ。

「あなたのことです、大樹くん」

「…………ん？　え、俺のことですか？」

はたまた予想外のことを聞いて、大樹が困惑していると、玲華が言いにくそうに口を開いた。

「そうなの。えっと……気を悪くしないで聞いてもらいたいんだけど……いい？」

申し訳なさそうに上目遣いで言われて、大樹は躊躇いがちに頷いた。

（……その表情はズルい）

カリスマオーラを背負ってそれをやられたら頷けない者などいないのではと大樹は思った。

玲華はスーハーと深呼吸をすると、少し頬を染めて躊躇うように言った。

「ええとね……大樹くんの会社を調べるのに、秘書の子にそれを任せたんだけど――秘書の子が気をきかせてか、大樹くんの情報も集めちゃってたの」

「……？」

何を言っているのか、ちょっとわからない大樹であった。

「えっと……？　秘書の方に調査を頼んだことはわかります、はい」

「え、ええ……」

「……それで、どうして気をきかせて俺のことを調べることになったのでしょう？」

「ええと、それは……」

ザブンザブンと目を泳がせる玲華。

「はい……？」

「わ、私が大樹くんとのことを色々話してた……から、なんだけど……」

「……」

「……」

無言で続きを促しても、それ以上の言葉は来なかった。

「ご、ゴホン――ッ、と、とにかく、秘書の子が大樹くんのことも調べちゃって……」

「はあ……いや、調べたって……」

「あ、心配しないで！　個人情報とかは調べてないから！　仕事に関する評判とかだけだから‼　会社の情報集めてたついでに聞けたみたいな、そんな軽いのだから！」

慌てたように忙しなく口を動かす玲華に、それもけっこう個人情報のような気がしないでもなかった大樹だが、言っても仕方ないかと話の続きを聞くことにした。

「ええと、まあ、そう突っ込んだ個人情報でないのなら……それで、俺の仕事の評判ですか？それが……？」

大樹の情報を集めたという点について、それほど触れずに大樹が続きを促すと、玲華はホッと大きな胸を揺らして安堵の息を吐いた。

「ええ、まあ、そういう訳で大樹くんの仕事での評判なんかわかっちゃったんだけど——すごいのね、大樹くんって」

それだけ言って微笑む玲華に、大樹は首を捻った。

「大樹くんと一緒に仕事した人からは、『若いが堅実に仕事が出来る』『次も是非一緒に仕事がしたい』『彼になら安心して仕事を任せられる』『あの会社にはもったいないほど有能だ』——概ね、こんなところかしら。すごく評価が高いのね、大樹くん」

その時の玲華の微笑みは、嬉しそうでいて、大樹の気のせいでなければ誇らしげにも見えた。

思いがけないところで褒められた大樹は照れ臭くなって、目を逸らして頬を掻いた。そんな大樹の心情をあっさり見抜いているだろう玲華は、クスリと微笑んで続ける。

「そして、それほど社外の人から評価されるほど有能なら、更には転職を考えているというのなら、是非うちの会社に来て働いてもらいたい、というのが私の——『SMARK'S SKRIMS』の社長としての意見です」

そう言って再び発せられる『威』に、大樹はゴクリと唾を飲み込んだ。

(こうまで評価してくれてるなんてな……)

それが自分の会社の社長でなく、他の会社の社長という妙さに大樹は内心で苦笑する。

「俺は――」

予想してなかった話故に大樹が返事を言いあぐねていると、玲華が付け加えるように言った。

「一応、言っておくけど……大樹くんを勧誘しているのは、私と大樹くんが、ええと――その――親しいから――とか、じゃないからね。あ、ううん、まったく無いとは言わないけど……でも、入ってもらいたいと考えた理由の大半はあくまでも、大樹くんが有能だと思ってるからよ。優秀な人材が欲しいから」

念を押すように言われて、大樹は今度こそ苦笑を露わにした。

「はい――本当にありがたいことだと思ってます。ちょっと前の俺なら、多少疑わしく思っていたかもしれません」

「……ちょっと前なら？」

「ええ。最近になって、自分への評価を改めないとと思うことが多々あったものですから――だから、玲華さんが同情で俺を勧誘しているのでなく、評価してくれてるから誘ってくれてれいることを疑ってはいません」

思い出すのは会社の屋上での館林の言葉
――お前、自己評価もうちょっと改めるようにしろよ？　でないと、転職先見つけるのも難儀するぞ。

彼の言葉と、退職のための挨拶回りをした際にかけられた、同情からではない勧誘の言葉の数々。

これらは確かに大樹の自信への糧になっていたのだ。

「そう……」

ホッとする玲華に、大樹は頷いた。

「それで、ええと――どうかしら、大樹くん。私の会社に……？」

玲華が緊張気味に返事を促してくるのに対し、大樹は少し考えた。

「そうですね……ええと、そうまで評価してくれて、そして玲華さんの会社なら、俺に否やはありません」

恐らく、少し前の大樹なら素直にそう言ってなかっただろう。

玲華の誘いの言葉だけでは無理だっただろう。

――お前なら大企業の中でだって、上手く立ち回ってもっと大きな仕事をこなせるだろう――俺が保証する。

亡き先代を偲んで会社に骨を埋める覚悟をした舘林の言葉があってこそだ。

「本当――!?」

パアッと顔を輝かせる玲華に、大樹は頷きながら続ける。

「ええ。ですが――」

「え……で、ですが――？」

一転して不安そうになる玲華に、大樹は苦笑する。

「はい。俺としては、俺の入社を決める前に後輩達の話を先に片付けたいです」

「あ――そ、そうね。そうだったわね、大樹くんはそういう人だもんね」

再びホッとして微笑む玲華に、大樹は頭を掻いてみせた。

「そうですね、ええと……こうなったら、話は俺が考えてたのとはちょっと違ってくるんでしょうかね？　察してるとは思いますが、俺の頼みとは、後輩達に関することです」

「ええ、そうでしょうね」

「……これはあくまでも偶然なんですが、後輩達の転職先の本命というのが玲華さんの会社――『SMARK'S SKRIMS』だったんです」

これは流石に予想してなかったらしい玲華は目を丸くした。

「え⁉　そうなの⁉　私はてっきり大樹くんから、私の会社のこと話して、どうかと誘いをかけたのかと思ってたんだけど……」

「いえ。俺から『SMARK'S SKRIMS』のSの字も出したことはありません。あいつらから本命を含めた希望する会社のリストをもらってから知ったことです」

「まあ……」

「以前、玲華さんの会社の特集記事があった情報誌ですか、それを見てたみたいなんです。それから、憧れを抱いていたようで……」

「ああ、アレ……そう、そうなの」

　苦笑にも似た照れたような笑みを浮かべる玲華に、大樹はふっと微笑んだ。

「それがわかった時は本当に驚きましたが……ならばと俺があいつらのために出来ることは一つ——採用の検討をするために後輩達の面接をしてやってくれないかと玲華さんに頼むことです」

　そう言うと、玲華は噴き出し気味に苦笑する。

「ふふ……はい、わかったわ。さっきも言ったけど、私は後輩達にも勧誘をかけてる身だからね、入社を前提に面接をさせてもらうわ——だから面接というより、面通しの方が意味合いとしては高いかもだけど」

　顎に指を当ててそんな風に言う玲華に、大樹は望外の結果を得て脱力しかけたが、慌てて居住まいを正して頭を下げた。

「ありがとうございます——‼」

「はい——あの情報誌からなら、けっこう長いこと私の会社のこと知って憧れてくれてたのね。嬉しいわ、そんな子達ならより歓迎するわ」

　頭を上げると玲華は優しく微笑んでいた。

　その笑みが後輩達を考えてのことでなく、自分に向けられているものだと直感的にわかった大樹は危うく見惚れそうになって、頭を振った。

「ええと……それで、少し聞きたいのですが……」

「何かしら？」

「はい。後輩達に誘いをかけてくれたのは嬉しいのですが、それはどうして、ということです」

大樹が頼んでから玲華が面接を検討するというのならわかるのだが、玲華は既に後輩達を迎えるつもりのようで、それが何故なのかわからない。

「ああ、それね……そうよね。大樹くんからしたら気になるわよね……一つ先に言っておくと、後輩達の境遇に同情とかじゃないからね――ああ、でも全く無いとは言えないか」

然もありなんと大樹は頷いた。何せ、玲華は大樹から話を聞いただけで彼らに会っていないのだから。

「では――どのようにして、決めたのでしょう？」

「そうね。これは色々と理由があるのだけど……」

チラと大樹を見てから玲華は言った。

「一つとして、大樹くんの後輩だから、というのがあります。これは私と大樹くんが――ええと、親しいからとかの意味じゃなくて、有能な大樹くんが面倒を見てきた後輩だから、という意味です。更には話に聞いただけだけど、三人とも良い子そう、というのもあるわね」

「……なるほど」

その視点は大樹には無かった。言われてみれば、自分を有能だと評価してくれてる人からしたら、大樹が面倒を見て、一緒に仕事をしてきた後輩達もそれなりに優秀ではと考えられる。

（……いや、流石にこれは俺の考えでは出んな）

自分から出たら、流石に自惚れが強いだろうと大樹は苦笑した。

「そして、もう一つ――経験者ばかりを採用してきたうちの会社もそろそろ新卒を迎え入れた方がいいんじゃないかと考えているとこなので、その前に大樹くん自慢の後輩達を第二新卒として迎えるのはうってつけじゃないかってこと――年齢的にはちょうどでしょ？」

流石に経営者の考えだなと、大樹は感心しながら頷いた。

「あ、だからと言って新卒と同じお給料じゃないからね？　ちゃんと能力に見合った給与を用意します」

「それは喜ぶでしょうね、あいつらは」

大樹が頬を綻ばせると玲華も微笑んだ。

「更に、うちは慢性的に人手不足です。あのブラックな会社で大樹くんとバリバリ働いてたのなら、職歴の割に戦力として期待出来ます」

「そこは期待していいです」

即座に大樹が自信を持って誇らしい気持ちで言うと、玲華は微笑ましいというようにクスリと笑った。

「まあ、概ねそんなとこだけど――ご理解いただけたかしら？」

最後にニヤリと言われて、大樹は苦笑した。

同情だけで迎え入れるつもりなのだろうかという、僅かにあった大樹の疑念を見透かされていたのがわかったからだ。

「はい、十分に理解出来ました。ええ、あいつらを迎え入れて損はないと、俺が保証します。だから——あいつらのことをよろしくお願いします」

大樹が再度頭を下げると、玲華は不敵にふふんと笑って自身の大きな胸を叩いた。

「ええ、安心してお姉さんに——まっかせなさーい！」

最後に社長でない玲華《ポンコツ》の顔が出て、少し不安になってしまった大樹であった。

## 第五話　社長――

「それで……後輩達の話は片付いたと思うのだけど……」

窺うようにチラチラッと見てくる玲華に、大樹は先ほど覚えた不安にはとりあえず蓋をして、玲華と向き合った。

「ええ。俺自身のことですね、次は」

「ええ――大樹くんも一緒に入社する、ってことでいいのかしら……？」

期待半分、不安半分な顔をした玲華に、大樹は苦笑する。

「ええ、正直後輩三人が世話になって俺までいいのか、というのがありますが――」

「それならさっき言ったじゃない。うちは人手不足だし、何より大樹くんが優秀だと思うから欲しい、のよ。遠慮は無しにしてちょうだい」

キリッとした顔で言われて大樹は苦笑を深める。

「わかりました。では遠慮は無しにして――」

言いながら大樹は想像してみた。玲華の会社で働く自分というのを――

「――俺が玲華さんの会社で働くってことは……玲華さんが、俺の上司になるってことですよね？」

「え、ええ、そうね……直属の上司はまた別の人だとは思うけど……」

そうだろうなと大樹は頷く。

（……俺だけか？　これが気になるのは……いや、別にいいことはいいんだが……）

何の話かと小首を傾げている玲華を見ながら、大樹は内心で呟き、続けて言う。

「そして、玲華さんは俺が入る会社の社長……なんですよね」

「そうね……？」

首を捻る玲華に、大樹は居住まいを正して言った。

「ならば、当然、俺は会社では玲華さんのことを『社長』と呼ばなくてはいけませんよね？」

「え……」

鳩が豆鉄砲を食らったような――そんな玲華の顔を見るに、その辺のことを一切考えていなかったことがわかった。

「つまりは、こういうことですね。例えば、朝に出勤して玲華さんと対面した時は――」

徐に大樹は椅子から立ち上がると、未だポカンとしている玲華に向けてキリッと顔を改めてから頭を下げた。

「社長――おはようございます」

正した姿勢でスッと一礼。ポンコツであるが玲華のことは尊敬しているので、頭を下げるのに何の不満も無い大樹である。

更にポカンとしたように口を大きく開ける玲華に、大樹は続けて言う。

「そして、社長室に入る時は、ノックをしてから――失礼します、社長」

ノックと、ドアを開けるジェスチャーまでやって見せると、玲華の顔がピシッと固まった。

構わずに大樹は顎に手を当てて唸る。

「ふーむ……事前に会うと決めた時なら間違わずに済むとは思いますが、社内でいきなり人目のあるところでバッタリ会ったりしたら、『玲華さん』と呼ばないよう気をつけなければなりませんね……玲華さんも気をつけてくださいよ」

付け加えるように大樹が言うと、ポカンとした顔のままの玲華が重そうに口を動かした。

「へ……？　な、何……を？」

「いや、会社内で俺と会った時に、『大樹くん』と名前呼びは不味いんじゃないですか？　ちゃんと『柳』と呼び捨てか『柳くん』と呼ぶように気をつけてくださいよ、って」

すると玲華は恐ろしいものを見たような顔になって叫んだ。

「な、なんで——!?」

「なんでも何も……そうしないと不味いでしょう。公私は分けないと」

肩を竦めて大樹が言うと、玲華が絶望を見たような顔になった。

「そ、そんな……」

「……いや、プライベートでは流石に社長呼びはしませんよ。したくありません」

思った以上に強く出た声で言うと、玲華はホッと安堵の色を顔に浮かべる。

「……とりあえず社外で——それも関係者のいないところで会う時は、今まで通りでいいとは思いますが、そうでない時は社長と社員というそれだけの関係でないとダメだと思うんですが

「……」

「そ、それって、大樹くんと社内で会っても、気軽に話しかけちゃダメってこと……？」

「平たく言えばそうなりますね。用事がある時ならともかく、特に用事もないのに『大樹くん』と俺を名前で呼びかけたりするのは完全にアウトでしょう」

そう言うと、埴輪のような顔でフリーズしたかのように見えた玲華だが、再起動すると勢いよく立ち上がって必死な顔になる。

「だ、だから、何でよ――!? どうして、そんなことしないといけないのよ!?」

混乱しているのだろう、社長の玲華ならすぐ気づきそうなことに気づかない様子だ。

「いや、だからも何も、いくら何でも不味いでしょう。入社前から――その、ただの知り合い以上に親しくしてるなんて知られるのは……俺は能力関係なく玲華さんと、そういう関係だからってだけで入社したんじゃないかと胡散臭く見られるでしょうし、何より玲華さんが社員の方達に不信感を抱かれることになりかねないでしょう」

大樹自身は胡散臭く見られようと、結果を示せばいい話だが、カリスマ社長である玲華の名が自分のせいで傷つくなんてことは大樹には耐えられないことだ。

「そ、それは――」

ようやくそのことに思い至ったのか、ハッとした玲華は頭を抱え――

「そ、そんな――これで会社でも大樹くんと一緒にいられると思ったのに……」

――絶望を声に乗せながら、床に崩れ落ちてしまった。

（……まさか、俺を誘った理由の一つにそれは入ってないよな……？）

そう思ってくれるのは嬉しいところではあるが、玲華を見下ろす大樹の肩が脱力感で落ちていく。

よしんば理由の一つに入っていたとしても、ごく小さな一端であってほしいと大樹は願った。

「で、でも確かにそうだわ……大樹くんに迷惑かけることになっちゃう。けど、なら麻里ちゃんはどうして…………はっ⁉　まさか——……おのれ麻里ちゃん騙したなあ——⁉」

そして打ち拉がれてたかと思えば、拳を握って誰かに向かって叫び、怒りを顕にしている。

（……前にも聞いたことあるような名前の気がするな……）

その時も声を大にしていたことから、玲華はその女性におちょくられているのではと大樹は直感的に思った。それはともかくとして——

「ええと、それで玲華さん……？」

「え……あ、はい……？」

床にペタンと座ったまま怒りを吠え、カリスマオーラの見る影もない玲華が、我に返って大樹へ振り返る。

大樹は苦笑を浮かべ玲華へ手を差し伸べながら聞いた。

「——まあ、暫くはさっき言ったような形になりますが、いいですか？」

「え、あ——そ、そうね……」

大樹の手を掴んで立ち上がった玲華が、力無い笑みを浮かべる。

「えーっと……ちょ、ちょっと待ってね……」

それだけ言うと、玲華が虚空に視線を彷徨わせる。

恐らくは大樹が入社した時の自分の振る舞いを想像しているのだろう。

「……」

大樹が無言で待っていると、玲華は彷徨わせていた視線をいずこかに定めると、途端に笑み崩れ手を伸ばし——たと思えば、ハッとしてブンブンと頭を振った。

——どうやらシミュレーションに失敗したようだ。

そして文字通りに頭を抱えて唸る玲華。

（もしかしたら……俺が入るのは不味いのかもしれんな……）

大樹の予想であるが、会社にいる時の玲華は常にカリスマオーラを背負って、ポンコツの一面はそうそう表には出ていないのだろう。

それなのに大樹が入社したせいで、玲華のポンコツが世に出てしまうのは、なかなかな問題では……と思われる。

（ふむ……）

大樹は少し考えてから口を開く。

「玲華さん……俺の入社、考え直しますか……？」

そう問うと玲華は勢いよく大樹に振り返って、目を見開く。

「だ、ダメよ、そんなの——!?」

「ですが、俺が入ったら玲華さんのポンコツっぷりが会社で露わになる恐れが——」

「ぽ、ポンコツ言うな！」

顔を赤く憤然とする玲華に、大樹は真顔になって首を振った。

「いえ、玲華さん、今はそんなことを言っている場合じゃないです」

「ひどくない——⁉」

「現実を見ませんと——さもないと社員の方達も戸惑いますよ……？」

「う、うう……大樹くんがひどい……」

シクシクと泣き真似をする玲華に、大樹は何事もなかったように言う。

「俺が言うのもなんですが、出来るんですか？　俺と社内で会っても、一社員として俺に接するなんてこと」

「うっ……」

盛大に目を泳がし始める玲華に、大樹は力なく息を吐く。

「やはり検討し直した方が……」

そこまで言うと、玲華はクワッと目を見開いた。

「ダメ——！　大樹くんは私の会社に入るの！　真っ当に評価されながら真っ当なお給料で私の会社で働くのよ‼」

「っ！——玲華さん」

その言い様から、さっき聞いた話以上に、玲華は大樹の情報を知っているようだと大樹は察した。

同時に先の玲華の言葉には幾分か同情が含まれているのがわかったが、それ以上に玲華の社長としての矜持を感じた。

評価せず、給与まで下げられるという大樹が受けた仕打ちは、同じ経営者として、さぞ玲華の矜持を刺激したのだろう。

そう、以前この部屋で自分の経営方針を語っていた時の玲華の矜持だ。

それを聞いたから、大樹は玲華への尊敬を深めた。

それを聞いたから、大樹は玲華の会社に憧れた。

それを聞いたから、大樹は玲華のような人の下で全力で働いてみたいと思った。

そして――その矜持に垣間見える玲華の優しさを好きになり、遂には玲華自身に惚れさせられたのだ。

「……」

知らず、ジワリと大樹の口が苦笑の形を作る。

「そうは言っても……出来るんですか？　会社で俺を一社員として扱うの。玲華さんに？」

少し挑発気味に言うと、その調子に気づいた玲華がムッとなる。

「……で、出来るわよ。オンオフが出来るようになればいいんでしょ？」

「言うのは簡単ですが……出来るんですかねえ？」

ニヤニヤと言ってやると、玲華は猛然と反論した。

「出来るわよ！　私のこと舐めないでくれる——!?」

「では——公私はちゃんと分けましょうね？」

「わかって——！……むう……」

どうやら挑発されてそれに乗ってしまったことに気づいたようだ。

「……ハメたわね……？」

「……何のことでしょう？」

飄々と大樹が返すと玲華は「ぐぬぬ……」と唸り、ふと気づいたように言った。

「……ねえ」

「……なんですか？」

大樹が問い返すと、玲華は不安そうに俯いた。

「もしかして、私の会社に来るの嫌だったりする……？」

その言葉に、大樹は苦笑するしかなかった。

「いえ、さっきも言った通り否やはありません。ですが——」

「が——？」

首を傾げる玲華に、大樹は頭を掻きながらため息を吐いた。

「ただ——前の帰る際にああ言った手前、玲華さんの会社に入るってのは、なんか格好つかないな、と思ったのがありまして……」

思い返すのは二週間前の晩に大樹が玲華に言ったことだ。身辺整理を終えたら話したいことがある、と。その身辺整理の大半を話し相手の玲華に片付けてもらうという、大樹からしたらなんとも締まらない結果になってしまったなと思ったのだ。

そのことを玲華も思い出したのだろう、困ったような微笑ましいような笑みを大樹に向けた。

「あっはは——もう、いいじゃない。確かに大樹くんからしたら格好つかない話になったのかもしれないけれど……私からしたら、それが終わるまでの間、不安を抱かずにはいられなかっただろうし……大樹くんが一人で無理してまた倒れちゃったりしないかって……」

「それは……」

否定したいが大樹は出来る立場にはなかった。何故なら初めて会った日に大樹は玲華の目の前で倒れてしまったのだから。

「だから私で手助け出来ることならしてあげたいって思うのは自然なことでしょ……？　でも私は経営者の立場だから迂闊なことは出来ない……なんて思ってたけど、結果的には経営者観点としても何ら損の無い——どころか、こちらに利がある話として大樹くんと後輩達に誘いをかけれたのよ？　それもこれも大樹くん自身が頑張ってきたからじゃない……気にしなくていいわよ！」

大樹自身がしてきたことが結実して、玲華の会社に繋がった——大樹自身が引き寄せた結果なのだと玲華に明るく言われ、そうなのかもしれないと、自然と大樹は思えるようになり苦笑を浮かべる。

「……ありがとうございます」

「もう！　そんなのわざわざ言わなくてもいいわよ！」

笑ってペシンと叩いてくる玲華に、大樹も声を出して笑う。

「ははっ、まあ、そうですね。誰もが良い結果になったんですから、それを俺一人が格好がつかないって、いじけてるなんて馬鹿らしいですね」

「そうそう！」

嬉しそうに明るく笑いかけてくる玲華に、大樹は先のようなことで悩んでいたことについて少し馬鹿らしく思えてきた。

（うーむ……癒し効果だな、この笑顔は……）

自分を見上げる玲華と目を合わせながらそんなことを考えていた大樹は、ふと思った。

（しかし……こんな結果になろうとは……）

ほんの少し前の──玲華に会う前の大樹なら絶対に信じなかったであろう。

（あいつらの転職のことばかり考えていたから、俺自身がどうするかはあいつらのことが片付いてからと考えていたが、その必要も無くなるとは……そもそもあいつらと辞めたら──）

「……何考えてるの、大樹くん？」

見ると玲華が小首を傾げて、不思議そうに大樹を見ている。

どうやら思った以上に思考に耽っていたらしい。

「え？　ああ、辞めた後のことを考えてたんですが──」

「？　ええ、それがどうしたの？」

「はい、辞めてからなんですが――玲華さん、後輩達は別として、俺はすぐ会社に入った方がいいですかね？」

「それは……その方が助かるけど、どうして？」

「ええ。もともと今の会社を辞めたら、休養しながら転職活動をしようと思っていたんですよね。自分で言うのもなんですが、ここ一、二年は激務でしたから」

肩を竦めながら告げると、玲華はハッとした。

「それは――そうね。大樹くんは休んだ方がいいわね」

真剣な顔で頷かれて、大樹は苦笑する。

「なので辞めてから、そうですね――一ヶ月ほど経ってからの入社でも構いませんか？」

「ええ、でもそれだけで――ああ、有休消化の期間？」

その、一般的には普通な考えを聞いて大樹は重苦しいため息を吐く。

「いえ、うちの会社では有給は使ってないのにもかかわらず自動的に無くなってしまう不思議なシステムでして……無いと言われても、法律を盾にぶんどるつもりではありますが、いいとこ五日――一週間分と見た方がいいでしょう」

本当なら二十日分以上は残っているはずなのにだ。

「じ、自動的に無くなってって……そ、それも五日って……」

玲華の頬がハッキリと引き攣った末に、憤然とした様子で首を横に振った。

「そう……本当に信じられない会社ね。あり得ないわ」

その言い分には全くもって否定出来るところがなく、大樹は大仰に肩を竦めて同意を示した。

「まあ、そういう訳で有休消化の期間という訳ではありませんが、一ヶ月ほど休もうと思ってます」

「わかったわ。入社前に有休消化で一ヶ月休む話なんて、よくあることだしね。構わないわ」

「ええ、ありがとうございます」

「いいのよ……休養期間は何するつもりなのかしら？」

ふふと微笑んで玲華が聞いてきて、大樹は深く考えずに答えてしまった。

「ああ、そうですね。まずは日雇いのバイトでも探して、そのバイトで体力向上を図りながら、適度に体を休めるつもりですよ」

「は――!?　え、バイト!?　どうして!?」

「あ」

大樹は失言に気づいて、目を泳がせる。

「ちょっと！　バイトなんてしたら体休まらないじゃない！　そんなの休養期間なんて言わないわよ!?」

そのもっともな言い分に、大樹は「ゴホンッ」と咳払いをしてから反論を試みた。

「いえいえ、そう思うかもしれませんが、今の職場の仕事量に比べたら、そう大したことでは無いですし、サービス残業も無い訳ですから、言うほどのものではありませんよ」

「でも――！　だからって!?　それに日雇いのバイトってキツい仕事が多いって話じゃない!?

そんなのしてたら全然休んだことにならないじゃない⁉」

「ああ、いや、日雇いのバイトならいつでも辞めれますし、更には体をよく動かすことで落ちた体力を戻せますし、お金も稼げるという、これは一石三鳥のことでして――」

「体力が減って休養な必要な人がそんなことしたら、一石三鳥どころの話じゃないでしょ――⁉」

　玲華はもっとも過ぎる言い分を述べながら、彼女が用意した大樹が着ているシャツを鬼気迫らんばかりに掴んでガクガクと揺さぶる。

「ちょ、ちょっと落ち着いてくださいよ、玲華さん！　玲華さんのその言い様じゃ、まるで俺が毎日バイトに勤しむみたいじゃないですか！　そんな毎日働きませんよ、ちゃんと休みもとりますって！」

　ピタッと止まった玲華は、それもそうかとばかりに大樹を見上げた。

「あー、そうよね。早とちりしたわ」

「本当、勘弁してくださいよ」

　大樹がやれやれと肩を竦めると、玲華はテヘッといった感じに微笑んだ。

「ふふ、ごめんね？」

「まあ、構いませんが……」

「うん……ところで聞いてもいい？」

「何でしょう？」

「週に何回、日雇いのバイトをする気でいるの？」

その質問に大樹は安心させるように微笑えみながら答えた。

「週五ですよ」

途端、先ほどと同じ顔に豹変する玲華。

「そ、れ、は！　一般的な社会人の労働日数でしょ⁉　全然休養になってないじゃない⁉」

先ほどの焼き増しのように、大樹をガクガクと揺さぶる玲華。

「え？　いや、何を……週二回も休んでるじゃないですか⁉」

今の大樹は週六、または週七で働いている。残業もたっぷりだ。それが週五になって残業も無いとなれば、大樹にとってはもう殆ど休養みたいなものだ。

大樹が戸惑いながら反論をすると、玲華の目がクワッと見開く。

「それはただの普通の休みであって！　週五回働いてたら休養なんて言わないのよ‼　大樹くん、社畜根性が染み付き過ぎてるわよ⁉　ちょっと一般常識ってものを思い出しなさい‼」

今度は大樹が目を見開く。ただし、玲華と違ってゆっくりとだ。

「そ、そんな——」

「——思い出したかしら？　一般的な企業のあり方を……」

揺さぶる手を止めて今度は玲華がやれやれと首を振ると、大樹は愕然と呟いた。

「お、俺が玲華さんに一般常識を説かれるなんて——⁉」

「おいこら、大樹くん——⁉」

次は夜叉に変貌しそうな玲華に、大樹は慌てて居住まいを正した。

「す、すみません、つい本音が……」

「それで謝ってるつもりなのかしら？」

「ああ、いえ――いや、そうですね。確かに玲華さんの言う通り、週五で働くってのはフルで働くことでしたね……」

後輩達にもっと一般的な感覚を持てと偉そうなことを言っておきながらこの体たらく。大樹は己の不覚を猛省する。

「……」

――般若のような顔をした玲華と目を合わせないように。

大樹は暫し反省する振りを続けた後に、「ゴホンッ」と咳払いした。

「あー、喉が渇いたなー……玲華さんの淹れたてで美味しい――そう、俺が知ってる中で一番美味しい玲華さんが淹れたコーヒーが飲みたいな……」

言いながらチラッと玲華を見ると、少し怒りが溶けたようで、いつもの可愛いムスッとした顔になっていた。

「……そんなんで誤魔化されないんだからね」

そう言う玲華であったが、背を向けて台所に向かう辺り、なんだかんだコーヒーは淹れてくれるようだとわかった大樹は、ホッと安堵の息を吐いたのであった。

「そもそもどうしてバイトなんてするの？　それも週五もなんて……全然休養にならないじゃない」

熱々のコーヒーに息を吹きかけながら、静かに玲華に聞かれて大樹は口ごもる。

◇◆◇◆◇◆◇

「……大樹くん？」

据わった目で見つめられ、大樹は短く観念の息を吐いた。

「俺の給料がどれほどか察してるようなので言いますが——恥ずかしい話、蓄えがあまりありません」

あまり、というか、まったくに近いのが実状だが、これぐらいの見栄は許されるだろう。

「あ——そう言えば……」

やはり大樹の給与の額を知っているのだろう、玲華が気づいたような顔をしてから言った。

「ええと、それじゃあ……週五でバイトするぐらいなら、もうすぐにうちの会社来る？」

そのもっともな提案に、大樹は考えた。

「……いえ、それはやめた方がいいですね」

「どうして？」

「さっき玲華さんに諭されたように一般的な感覚を思い出すために、少しだけでも会社勤めを離れた方がいいかもしれません。その点を考えても一ヶ月はやはり会社というものから離れた方がいいような気がします」

「……うーん……」

「それに、元々一ヶ月休もうとしたのは休養が一番の目的ですからね。休養がてらに玲華さんの会社に入るのは俺が嫌ですかね。せっかく玲華さんの会社に入ったのなら全力を出したくなります」

「む、むう……で、でも、バイトじゃその一番の休養が……」

「まあ……そうですが、なに、サービス残業が無いだけでも楽ですよ」

「う、うーん……」

「それと――」

「ま、まだある……？」

「はい。バイトしながらだと、時間も出来ることですし、その間に玲華さんのポンコツ漏れ対策が出来るじゃないですか」

「ぽ、ポンコツ言うな！」

「俺が玲華さんの会社に入ってからの対策だと遅いですしね」

「む、無視するなあ！」

「なので、バイトの期間中、会う時間を増やして玲華さんのオンオフの練習をするとか、どうでしょう」

「む、無視――そ、そっか、会う時間増やせるのね……！」

　無視されて憤っていたが、途端パアッと顔を輝かせる玲華。

「ええ。玲華さんの会社に入っても時間は出来るでしょうが……さっきも言った通り、入ってから対策しても遅いでしょう？」

「む、むう……」

「……まあ、休養が一番のメインなんだからバイトをするなというのは最もな話ですが、不甲斐ないことにさっき言った通りで――ああ、こういう事情もあって、転職したら――という意味もありました。情けない話、後輩達が入る前は、蓄えも心もとなかったから転職活動に踏み切れなかった、なんて面もあります」

「……そっか……お金が溜まらなかったから転職難しかったのもあったのね………んん――？」

　同情するように肩を落とした玲華が、何か閃いたように顔を上げる。

「……ねえ、大樹くん。今の会社、後輩達と一緒に辞めるのって、いつになりそう……？」

「え？　ああ、そうですね……世話になった他社の仕事ですがこれがまだ残ってまして――一ヶ月と少しはかかりそうですね」

「そう……つまり、あと少なくとも二ヶ月は今のお給料のままなのね……そして、その間でもお金は貯まらず、休養期間を設けてもやっぱりバイトをすることになる……」

　それからブツブツと玲華は呟き続け、不思議に思った大樹が首を傾げたところで、玲華は顔を上げた。

「改めて確認なんだけど……」

「はい」

「大樹くんはお金が少ないから仕事を辞めた後、バイトをやろうとしている？」

「……そうですね」

情けないことであるが事実なので、大樹は肯定する。

「今でも節約してるんでしょうけど、退職する日に向けて今から更に節約しても、貯まりそうにない……？」

「……節約をしようとすると、一番は弁当を用意することなんでしょうが、それは必然的に睡眠時間を削ることになるんですよね」

「それはやっちゃダメ――！」

然もありなんと大樹は頷いた。

「そうですね。今以上に睡眠を削るのは不味いと俺も思ってます」

「ええ……だから節約するなら――」

それから玲華はまた一人でブツブツと呟き始めた。

「そう――！　これよ――‼」

何か考えが纏まったのか、玲華は勢いよく立ち上がって晴れやかな笑顔を大樹に向けてきた。

「……玲華さん？」

先ほどまでの怒りはどこへやらな玲華に大樹は戸惑いつつ、同時に何か変なことが起こりそうな予感がした。

「大樹くんがバイトしないでいい方法を思いついたわ——‼　そうよ、麻里ちゃんの言う通りだったわ‼」

拳を握って、今にも何かを力説しそうな玲華に、大樹は更に戸惑った。

「いや、玲華さん？　確かに休養にならないかもしれませんが、今の生活に比べたらバイトで生活する方が俺には楽なのは間違いなく——」

と、大樹が話すのに一切耳を貸さず、玲華は言ったのである。

「大樹くん、ここに住めばいいのよ——！　そしたら家賃浮くじゃない——‼」

この時、大樹がコーヒーを口に含んでいなかったのは幸いなことであった。

何故なら、もし口の中に入っていたのなら間違いなくそれを玲華に噴きかけていたであろうから——。

第六話　大樹の渇望

素晴らしいことを言ったような、それでいて興奮も入り混じった顔で目をキラキラとさせている玲華に、大樹は唖然としたまま声を漏らした。

「……は？」

玲華が何をを言ったのかはわかるが、理解がまるで追いつかなかった。

「……は――？」

もう一度声を漏らした大樹に対し、玲華は興奮そのままに身を乗り出す。

「だから！　大樹くん、ここに住めばいいのよ！　そしたら家賃浮くでしょ？　あ、大樹くん、今住んでるとこ家賃いくら払ってるの？」

「ろ、六万ですが……」

この辺の割にかなり安かった物件の家賃を、大樹は機械的に返した。

「そっか、じゃあ、会社を辞めるまでの間の二ヶ月近くで十二万浮くじゃない？　加えて、辞めてからの休養期間も、ここにいれば家賃の心配はいらないわ。だから浮いた十二万でゆっくり休養すればいいし、それでも何か支払いがあったりして心もとないって言うなら、週一、二回のバイトで十分になるんじゃない？　ね、色々解決するじゃない！」

素晴らしい提案でしょうと言わんばかりに、パンと柏手までしてニコニコとする玲華を目にしながら、大樹の頭はぎこちなく再起動を果たしてから、たっぷり三十秒ほど経ってからゆっくりと口を開いた。

「な――なる、ほど……それだと、確かに……色々解決し――ますね」

色々と言いたいことはあるが、提案された内容についてだけ考えると、確かに玲華の言う通りのような利点はある――そう、あるのだ。玲華の提案通りに大樹がここに住めば、家賃は浮き、大樹はバイトの日数を最低限に抑えられるだろうし、玲華も安心出来る。それは確かだろう……。

「でしょう⁉」

「ええ……」

頭を抱えるように額に手を当てた大樹は唸るように続ける。

「ですが――……ええと、ちょっと待ってください？」

「？　ええ？」

「そうですね。とりあえず……もう一度、言ってもらっても――？」

「？　何をかしら？」

「先ほどの提案？　みたいなの、ですか――」

「？　ああ――」

一瞬、何のことかと小首を傾げた玲華であったが、すぐ思い至ったようでニンマリとして言った。

「大樹くん、ここに住めばいいのよ——‼」

「……」

再びいいこと言ったように得意げに笑む玲華を見ながら大樹は内心で呟いた。

（……聞き間違いじゃ、なかったのか……）

大樹は瞼を強く閉じて、コンコンと己の額を指で叩いた。

「ええと……玲華さん？」

「うん？」

「その——まず、前提としてですね……」

「うん」

「俺達、まだ、その——付き合ってないのですが……？」

「うん？　ええ、そうね」

それがどうしたと言いたげな玲華に、大樹は悩んでしまった。

（……？　あれ、俺がおかしいのか……？）

「えっと……一応聞きますが、俺がここに住むというのは、玲華さんとここで一緒に過ごす、ということですよね？　玲華さんは別のとこに住んで、俺だけここに住むという訳じゃないですよね？」

「え⁉　そんな訳——」

「あ、いいえ、いいです。一応の確認ですので」

玲華の表情から自分の質問が玲華にとって的外れな考えだということがわかった。わかったが――大樹は余計にわからなくなった。

(付き合ってないにもかかわらず、一緒に住むのは普通のことだったか……？　いやいや、そんな訳ねえだろ――そういえば、工藤が最近のアニメでは同棲のような同居をする高校生カップルの話が流行っているとか言っていたような……いや、俺達は高校生でも無いし――いかん、落ち着け)

大樹は頭を振って、混迷を深めていく思考を無理矢理落ち着かせた。

「？」

そんな大樹を見て不思議そうにする玲華に、大樹は言ってみる。

「あの、玲華さん――」

「何かしら？」

「その――付き合ってもない、夫婦でもない男女が同じ屋根の下で暮らすというのは、些か話がおかしい気がするのですが……」

「そうかしら――？」

心底不思議そうな玲華に、大樹はまたも自分の一般常識がズレてるのかと悩みそうになる。が、大樹はなんとかそれを顔に出さず、強く頷いてみせる。

「ええ、おかしいと思います」

玲華の思考が正常に働くことを祈りながら、大樹は目でも強く訴える。が――

「そう……？　そんなことないと思うけど」

調子を一切崩さない玲華に、大樹は動揺する。

「な、何故そんな……」

「だって、一緒に住むっていうのは、つまるところ、毎日大樹くんがここに泊まるってことよね？」

「？　それはそうですね……？」

何を言うつもりなのかと首を捻りつつ大樹は頷いた。

「じゃあ、おかしくないじゃない。昨日も、二週間前も大樹くん泊まったんだし――ね？」

可愛らしく小首を傾げる玲華のその極端な論理に、大樹は呆気にとられた。

「は？　いや、その、たまの一泊と住むのとはまた違うかと――」

「どうして？　泊まるっていうのが毎日になるだけじゃない」

「え、いや、だから――」

「何かおかしい？　私の家に泊まるの、大樹くん、嫌な訳ない――のよね？」

最後に少し不安そうな顔を見せられた大樹としては、首を横に振ることしか出来ない。

「でしょ？　それに次の休みでまた会えるってなったら、前日に泊まりに来てって、私言うつもりだったけど――大樹くん、断ったりする？」

「……いえ、そんなことは――」

少し考えてから大樹は答えた。大樹としても昨日からの宿泊を諾と答えたのは、早く会いたかったのと、一緒にいる時間が増えるから、というのが理由だったのだから。次の休みも誘われたら大樹は断らないだろう。

すると玲華は嬉しそうに、再びパンと手を叩いた。

「でしょ？　つまり大樹くんは私の家に泊まるのが嫌じゃないんだから、それが毎日になっても嫌じゃないってことでしょ？」

また極端な意見を聞いて、大樹は呆気にとられかけた。

「いや、だから、その、泊まるのと住むのとでは根本的に――」

「ええー？　何か違う？　大樹くん、私の家に泊まるの嫌なの……？」

「いや、そんなことは――」

「じゃあ、いいじゃない」

「いや、だから――」

曇りのない目でニコリと言われて、大樹はその勢いに流され危うく頷きかけた。

これでは堂々巡りになる、と思いかけたところで大樹は違和感を覚えた。

（おかしい、妙に強い……）

今の玲華は社長オーラなど出していない、つまりポンコツ寄りの玲華だ。実際言ってることは筋が通っているようでいて、滅茶苦茶なのだから。

社長モードの玲華と弁論したら大樹は勝てる気がしないが、ポンコツ寄りの玲華であれば、今まで大樹が大抵言い負かしてはおちょくっていたのだ。だが、今の玲華はポンコツの雰囲気なのに妙に強い。まるで――

（そう、まるで――後ろで誰かが玲華さんを操っているような――）

ふと唐突に、大樹はポンコツ玲華の人形を、その頭上で誰かがマリオネットの如く操って不敵に笑っている姿を幻視してしまった。

（……何だ、今のは……？）

ポカンとしていると、玲華が不安そうに拗ねたように聞いてきた。

「ねえ、大樹くんは、私と一緒に住むの嫌なの……？」

呆気にとられていた大樹は率直に答えてしまった。

「え？　いえ、そういう訳ではありませんが……」

言ってからしまったと思った時には玲華は満面の笑みを浮かべて、先ほどまで以上に強く手をパンと叩いた。

「じゃあ、決まりね！」

「あ、いや、ちょっと――」

「何？　嫌じゃないんでしょ？」

「ど、どちらかと言えばそうですが、ですが――」

「なら、いいじゃない。決まりね。いつにする？　早い方がいいわよね。次の休みの日に引っ越し終わらせちゃおっか」

「は？　いや、次の休みの日って――」

「そう？　次の家賃の支払いが発生するまでにって考えたら早ければ早い方がいいでしょ？　今月分の支払いっていつになるの？」

「それは、再来週ですが──」

「じゃあ、来週中に引っ越しが終われば問題無いのかしらね？　あ、荷物の梱包とか考えなくてもいいわよ。大樹くんそんな時間無いだろうし。最近の引っ越し屋さんは大して準備せずにやってくれるし──」

　テキパキと話を進める玲華に、大樹は珍しくも目を白黒させた。

「え、いや、そんな引っ越し屋に頼むようなお金は──」

「もう、そんな野暮なこと言わないでよ。私の家への引っ越しなんだから私が出すわ」

　妙な理屈に押されて、大樹が否定する間もなく矢継ぎ早に玲華は続ける。

「それで、こっちに来たら来たらで、いらないものも出てくるでしょうから、大樹くん、仕事で忙しい中に悪いのだけど、処分してもらいたいものだけ、それとわかるように札とか貼っておいてもらえるかしら？　こっちにもあって、二つもいらないようなやつとか、いらなくなりそうな家具とか」

「は、はあ……」

「来週って大樹くん、休めそう？」

「え、ええ、恐らく日曜だけは──」

「そっか。んー……ねえ、土曜の内に私が引っ越し終わらせておくから合鍵預けてもらっていい？　そしたら、日曜はまだゆっくり出来るでしょ？」

「は、え？」

「だから、合鍵。大樹くんが土曜出勤してる間に、引っ越し屋さんに荷物運んでもらうわ。ついでにアパートの契約も解約しておくわ――だから、後でその際に必要な委任状のサインもらうわね。あ――合鍵、いつ受け取るか考えた方がいいかしらね。今持ってたりなんてしないわよね？」

「え、ええ。合鍵を持ち歩くなんてのは流石に――」

「ん――……どうしようかしら……あ、今日大樹くんが帰る時に私も着いて行けばいっか。そしたらアパートの場所もわかるし、一石二鳥かしらね。ね？」

いい考えでしょ？　と言わんばかりに微笑んでくる玲華に、大樹は相槌を打ちかけ――

「は――いやいや、ちょっと待ってください⁉」

またも危うく流されるように頷きかけた大樹はハッとした。

「何？　どうしたの？」

一体何なのかと玲華は不思議そうに目をパチパチとさせている。

「いえ、だから一緒に住むのはおかしいのでは――ということなんですが」

「え、何で? さっきいいって言ったじゃない?」

「……? 言いましたか？」

「言ったわよー」

心外そうな玲華に、大樹は文字通り頭を抱えた。

「もうー、何が不満なの？」

仕方なさそうな玲華の声に、大樹は段々と自分が間違っているのかと思えてきた。

「えーっとですね……」

「うん、何？」

「っ………」

「？」

加えて大樹はどう否定したらいいのかわからなくなってきた。

確かに玲華の言う通りではあるのだ。金銭面で大いに助けられる上に、無理にバイトをする必要も無くなるだろう。それによって、大樹はしっかり休養を取れて、玲華も安心出来る。

（――だが、何と言っても一緒に住めば毎日顔を合わせられる……）

それはハッキリ言って甘美過ぎる誘惑であった。

惚れている女性だからというのを別にしても、玲華と一緒にいるのは楽しいのだ。

だが、自分達はまだ付き合っていないのだから、一緒に住むなんてことは――と、今度は大樹の思考が堂々巡りを始めたところで、玲華が思いついたように言った。

「んー……あ、じゃあね、一緒に住んだら良い点をもう少し挙げましょうか」

「……？」

大樹が胡乱な目を向けると、玲華はニコニコしながら指折り数えていく。

「まず――大樹くんがここに住んだらうちの露天風呂使い放題！」

「っ――！」

　大樹の目は自然と大きく見開く。

「今の会社にいる間は忙しくて疲れが溜まるし帰りも遅いでしょう？　だから、大サービス！　大樹くんが帰ってくる時間に合わせて、お風呂の用意をしてあげましょう！……それだけでも、疲労は減るでしょ？」

　大樹の喉は自然とゴクリと鳴る。

「……減りますね、確実に」

　入浴での疲労軽減はハッキリ言ってバカにならないことを大樹は体感として知っている。それだけでなく、入浴後の睡眠は深くなるからより一層疲労が取れるのだ。

「それと――洗濯も任せてくれていいわ！」

「……っそ、それは普通に助かりますね……」

「でしょー？」

　ニコニコと玲華は更に続ける。

「後は……食事は、まあ――ゴホンッ、アレだけど……ご飯を炊くぐらいならまっかせなさい！」

「食事については、全く期待は――ああ、いえ、飯炊きだけでもしてくれるのは確かに助かります」

大樹の言葉で途中ムスッとした玲華だが、気を取り直すように咳払いをする。

「ゴホンッ――それと……ああ、そうだ。このマンションの住人用の、あそこ使えるようになるわよ？」

「……住人用の……？」

何があったかと大樹が首を傾げると、玲華はニシシと笑って告げる。

「ほら、初めてここに来た帰りに説明したじゃない？　このマンション住居者用の大浴場に、サウナに――」

そこまで聞いて思い出した大樹は目を見開き、身を乗り出した。

「――ジムが、ね。それも使い放題よ。大樹くん確か――」

長時間の残業、休日出勤、給与の減少、以上の理由により泣く泣くジムを退会し、ジム欠乏症に陥っていた大樹は、玲華が話している途中で反射的に言ってしまったのである。

「ここに住みます」

# 第七話　その言や良し

「どうしてこうなった……」

大樹は文字通りに頭を抱えて唸っていた。

「どうしたのよ、急に？」

玲華が不思議そうに小首を傾げた。

「どうしたも何も——」

言いながら大樹は先ほどまでのことを思い出していた。

ジムに並ぶ己を高めてくれるマシン器具の数々に思いを馳せた大樹が、玲華のマンションでの同居を思わず承諾してからのことだ。

少し複雑そうでありながらも大喜びした玲華は、大樹の考えが変わらない内にと、テキパキと話を進めていったのである。

どこからともなく取り出した数々の書類に大樹はサインを頼まれた。聞けばそれらは、大樹のアパートの解約を任せる委任状であったり、住民票の変更を届ける際に代理人であることを証明とするもの、引っ越し業者に代理で見届けるためのもの、このマンションの大樹用の鍵の申請書類だったりと——つまりは、引っ越しが完了するまでの手続きに必要なこと全てを大樹の代わりに実行するための書類というものであった。

これにサインすることによって、大樹が引っ越しまでにしなければならないことは、自宅にある日常品や家具、荷物の中でいらないものを選別するだけということになった。それだって、『不要』の札を貼っておくだけということなのだから、楽なものだ。それとは別にしなければならないことと言えば、おいそれと見られたくないものを自分で処分するか、あらかじめダンボールに詰めて密封することぐらいである。

つまり引っ越しの際に考えなければいけないこと、しなければいけないことを九割方やってくれるということらしい。

普通の引っ越しに必要な煩雑なことが全くなく、正に至れり尽くせりな引っ越しと言っても過言では無いだろう。

これはいくらなんでも玲華に任せ過ぎで、玲華の負担になるのではないかと大樹が言ってみても、玲華は引っ越しを見届けること以外は、自分の顧問弁護士に任せるつもりなので、そんな気遣いは不要と笑って流された。

サラッとそんな言葉が出てくる辺りに、改めて玲華の立場やら凄さというものを感じた大樹であった。

そうして流れるように流されるように全ての書類にサインをし、引っ越しに関する一通りの打ち合わせが終わって、一息吐いているところで、大樹は徐々に冷静さを取り戻し、我に返ったのである。

そしてサインした数々の書類を目にして、引っ越しと玲華との同居に関して改めて実感が湧き始め——唖然としてしまったのだ。

そうなってから色々突っ込みたいことが出来た。やはり付き合っても無いのに——や、その用意されていた書類の数々は一体何なのかなど、だ。だが、それも既に遅く——思わず漏れたのが先の一言である。

「——今日一日で自分の人生に様々な変化が訪れたような……」

大樹が呟くように言うと、玲華はキョトンとして笑い出した。

「あっはは。それはそうかもしれないけどね。でも、嫌な——嫌な変化じゃないのよね？」

確認するように聞いてくる玲華が少し不安そうだったので、大樹は複雑さから眉を曲げるも率直に答えた。

「ええ……それは、そうですが」

「そ。なら、いいじゃない！」

安心したような顔をしてから笑い飛ばしてくる玲華に、大樹はいいのだろうかと思いつつため息と共に頷いた。

「まあ……用意が良過ぎる書類について色々言いたいことはありますが——」

途端にギクリといったように肩を揺らす玲華。

「それも詮なきことでしょう。でも、玲華さんこそいいんですか？」

「え？　私？　何が……？」

「いや、俺がここに住むことですが」

「ああ……そんなの勿論よ！　大体、一人で住むには広過ぎるしね、この部屋」

苦笑しながら髪を揺らす玲華に、今更かと大樹も同じく苦笑を浮かべる。

「それについては人に因るかもしれませんが、広いのは確かですね。俺の住んでるアパートの部屋がいくつ入るかと考えてしまうほどですしね」

「あっはは……大樹くんのアパート見たことないから何とも言えないけど……でもね、広過ぎるって感じるようになったのは最近――ううん、広いと思ってたのは元からだけど、より強く思うようになったのは最近のことなのよ。何でかわかる？」

「……さあ、どうしてなんでしょう？」

少し考えてもわからなかった大樹がそう返すと、玲華はクスリと微笑んでから茶目っ気を漂わせて大樹を指差した。

「それね――大樹くんのせいだから」

その答えに、大樹はパチパチと目を瞬かせた。

「俺が――？　……何かしたでしょうか？」

心当たりがまるでない大樹の様子に、玲華は仕方なさそうに苦笑してしみじみと言う。

「――大樹くんがいないから」

「は……？」

思わぬ答えを耳にして、大樹が素っ頓狂な声を上げると、玲華は困ったように眉を曲げた。

「大樹くんがいる時はいいのよ。体が大きいせいもあるのかしらね、存在感あるし、何より楽しいし」

「……」

何となく察し始めた大樹は黙って続きに耳を傾ける。

「──でもね、前も、その前も、休みの日に来た大樹くんが帰る時に下で見送ってから、この部屋に戻ると、すごくガランって言うか……広く静かに感じるようになったのよね」

「……」

「こんなにこの部屋広かったっけ？　こんなに静かだっけ？　そう考えてしまって……そしたら、すごく寂しさが降ってくるように感じちゃって……」

そこまで言ってしんみりとしかけた玲華がハッとして顔を上げて、慌てたように微笑む。

「ご、ごめんね？　これじゃ、なんか大樹くんのこと責めてるみたいね。あはは──」

誤魔化すように明るく笑う玲華に、大樹は視線を逸らしながら頬を掻いた。

「先週──俺が忙しかったせいで会えませんでしたね」

「え？　あ、うん、そうだったわね──？」

首を傾げる玲華に、大樹は恥ずかしさから頬が熱くなるのを自覚しながら言った。

「その──まあ、何ですか……俺も玲華さんに会えなかったのが、その、まあ……」

「あ……う、うん。先週は、私も──うん……」

決定的な一言がお互いに欠けているが、そこは言うまでもないという雰囲気で、他人が見たら「爆発しろ」と言わざるを得ないような空気を漂わせ、チラチラ視線を送っては、目が合うと慌てて逸らしたり、伏せたりと——突っ込み役がいないせいか、何とも言えない空間を形成してしまう二人であった。

実際には一分ほどだろうが、二人からしたらもっと長い時間が経ったように感じた頃、玲華が改めるように「ゴホンッ」と咳払いをして口火を切る。

「——そ、その、だからね？　大樹くんがここに住んでくれると、私としてはす——っごく嬉しいかな、って……」

それを聞いて、大樹はそう言えばそういう話をしていたのだったと思い出して、相槌を打つ。

「ああ、はい——まあ、その……俺としても、毎日玲華さんと顔を合わせられるようになるのは、その——活力になるといいますか……いえ、嬉しい——ですね。そして楽しくなる、と思います」

率直に言い直すと、玲華はパアッと顔を輝かせる。

「う、うん——！　そうね、楽しくなりそうよね！」

くすぐったいものを感じながら大樹は苦笑を浮かべて頷く。

「ええ……あ、いや、でも——」

「え、な、何……？」

途端、不安そうになる玲華に、大樹は頭を掻く。

「いや、一緒に住んだとしても、俺、朝は早いですし、帰りは遅いしで割とすれ違いになりそうな気がしまして……」

「ああ……うん、でもそれは仕方ないわね。それでも一切顔を合わせないこともないでしょ！　それに遅いっていっても終電には間に合うんでしょ？」

「ええ、それまでには帰るようにしてます。なので、風呂の用意をしてくれるのは嬉しいんですが、疲れてたら俺を待たずに寝てくれてていいですよ」

「うーん……別に――ううん、わかった。そうさせてもらうわね」

気を使わせまいと言い直したのを察した大樹は、これ以上は野暮かと頷いた。

「なので、暫くは殆ど寝に帰るだけのような生活になるかと思います」

「まあ、仕方ないか……でも、それだと尚更家賃が勿体ないとこだったじゃない」

「……はは、確かにそうですね」

これに関しては反論の余地が無かった大樹は苦笑すると、続けて言った。

「だから、まあ、一緒に住んでも暫くの間はあまり構えないと思いますが大丈夫ですか」

「ちょ、ちょっと何なのよ、その言い方は!?　そんなので拗ねないわよ!?」

不本意そうな顔でプンスカする玲華に、大樹は苦笑を押し殺して頷いた。

「それと、そう顔を合わせる時間が少ないとは言え――」

「もう、何なのよ？」

少しムクれ気味の玲華に、これはと思うことを言った。

「俺だって若いんですから、我慢が切れて襲いかかってしまうかもしれませんよ」

「わかってるわよ――！　……え？」

勢いで頷いてから「今なんて?」と顔に書いてある玲華に対し、大樹は徐に頷いた。

「その言や良し——では来週からよろしくお願いします」

そして大樹は座ったまま深々と頭を下げた。

「ちょ、ちょっと待って——!?」

慌てふためく玲華に、大樹は首を傾げる。

「そ、そのワザとらしいすっとぼけた顔をやめなさい‼」

「そんなこと言われましても……」

「そ、その顔やめい——‼」

慌て過ぎたせいか、変な口調になった玲華に、大樹は噴き出しそうになったのをなんとか我慢した。

「はあ、まったく……何ですか?」

ワザとらしくため息を吐いて大樹が尋ねると、玲華が顔を赤くしてまごついた。

「さ、さっきのことだけど……」

「さっきのことが——何か?」

それがどうしたのかと無駄に堂々とする大樹に、玲華はうっと怯む。

「だ、だから、さっき大樹くんが、私に——」

「はい、何でしょう」

「うう……わ、私のこと、その——」

「はい」

「う、うう……」

見る見る内に沸騰するように顔を赤くしていく玲華。

そこが大樹の我慢の限界だった。

「――っく、くくっ……」

「？……――‼」

漏れ出した音に気づいたように顔を上げ、肩を小刻みに揺らす大樹を見て、玲華はその大きな目を吊り上げた。

「だーいーきーくーん……？」

バックに般若を浮かべたような玲華に、大樹は慌てて居住まいを正した。ただし、笑いながらだ。

「くははっ――はは、いや、すみません。からかいが過ぎました……ははっ」

「……謝られてる気が全然しないのだけど……？」

「いや、ははっ――ふー……はい、申し訳ないです」

「む……また、からかってくれて……」

「いやあ、つい……」

あまり悪びれずに大樹が言うと、玲華は更に目を吊り上げた。

「はは……まあ、でも、そうであって、そうでないような――ってところですが」

「……？」

玲華が目を吊り上げたまま、眉を曲げて困惑を露わにする。

「いや、確かに、さっき言ったことは冗談です」

そう言うと、玲華はしかめっ面を赤くしながら無言で頷いた。

「――冗談ではありますが、冗談で無くなる場合が無いとはちょっと言い切れないことも確かです」

「――!?」

目を丸くする玲華に、大樹は苦笑を浮かべる。

「いや、当たり前でしょう、そんなの。玲華さんみたいに綺麗で可愛くてスタイルも良い人と一緒に住んで、何も思わずに――いえ、一切欲情せずにいられ続ける訳なんて無いでしょ。枯れてる年齢でもないんですから……特に憎からず想ってる人相手なら尚更でしょう」

最後は小声になってしまったが、十分に聞こえているだろうそれと、一般論とも言える大樹の率直な意見を告げると、玲華は沸騰したみたいに顔を赤くして口をパクパクさせてから、絞り出すように口を動かした。

「――あ、う……で、でも、大樹くんは……」

何となく言いたいことを察した大樹は、頷いて言った。

「ええ。確かに俺の都合で言うべき――申し込むべきことを言っていません。ですが――だというのに、同居を提案してきたのは玲華さんですよ？　おかしくないかという俺の話を、そんなことないと否定し続けて」

「あ、う……」

「いや、勿論、俺だって我慢するつもりではありますよ。俺の都合で今の関係のままなんですから。待たせて申し訳ないと思ってます」

心の底から述べると、玲華は躊躇いがちに頷いた。

「ですが、以前言ったように俺は色々と片付けてから玲華さんに話したいと言いました。それらが片付くのに――もう時期はほぼ確定したとはいえ、俺の休養期間を含んだ場合……約三ヶ月弱ですか。その期間、玲華さんと一緒に住んで我慢が続くのか……？　と思わざるを得ません。いや、さっき言ったように、勿論我慢するつもりではありますが……だからと言って、出来るかどうかというのは、別問題だと思うんですよね」

実際、昨日の大樹は理性が飛んで思わず玲華を抱きしめてしまったのだ。一緒に住んでる内に、思わずの行為が『抱きしめる』から『押し倒す』にならないとは言い切れないだろう。特に玲華は色々と魅力に溢れている上に、何より大樹にとって惚れている女性なのだから。

首を振りつつ昨日からの己の所業を思い出しながら告げると、玲華は真っ赤になってから俯き、そして頭を抱え始めた。

（……以前からもしかしてとは思っていたが、玲華さんってやっぱり経験ないのか……？）

確信し始めたのは昨日、今日と抱きしめた時の玲華の反応である。

（……初めて会った時の印象からじゃ、とても想像つかなかっただろうな……）

そう考えると玲華のことをそれだけ知れたということなのだと実感出来て、少し感慨深くなった。

「……そ、そうよ。確かにそうだわ……ま、また麻里ちゃんに……」

玲華がブツブツ唸っているが、整理がつくまで大樹は黙って待つことにする。

最終的にジムに釣られたのは確かだが、押し切られ流されるようにペースに乗せられたことに対しての大樹の意趣返しみたいなものである。それに、我慢し切るつもりではあるが、この辺の覚悟一切無しに同居が始まるのは、いくらなんでもダメだろうというのが大樹の本音だ。

なので、存分に悩んでもらうことにする。

そんなつもりで傍観に徹していると――

「……でも、あー……うーん……うん……？　……あれ？」

パッと玲華が顔を上げる。

何を思いついたのかと大樹が身構えていると、玲華は小首を傾げて言ったのである。

「別に――そんなに、問題ないんじゃないの……？」

大樹はその言葉に目を剥きかけたが、「ゴホンッ」と咳払いをして口を開いた。

「――っ、ど、どうして、そのような結論に……？」

「え？　だって……その――私としては、その、いつでも……」

「え」

「あ、違う！　えっと、そうじゃなくて……その、何て言うか、私としては、えーっと……大樹くんからの話は、その——いつでもいいのよ？」

「？　はあ……」

この場合の『大樹からの話』とは、交際申し込みのことだろう。

「さっき言ってた期間の三か月ってのは、大樹くんの都合であって、身も蓋も無いことを言うと、私としてはいつでもいい訳で、寧ろウェルカム？　だから、その、つまり……」

「……」

何となく話が見えてきて、大樹は嫌な予感がしてきた。

「えーっと……つまり！　そう！　私自身はもう、その話が来たと思って、この同居生活を始めたら、その、大樹くんの我慢が切れるってのは、ただ、そういう時が来たと思えばって……そしたら、別に問題無い——ような……」

その言葉が頭に浸透するにつれて、大樹の口があんぐりと開いていく。

そんな大樹の様子に構わず、玲華は続ける。

「——で、この場合の何が問題かって強いて挙げるとするなら、それは我慢出来なかった大樹くんの……えーっと、何だろ。プライド？　みたいなものだけだし……うん、そうね。だから——そう！　これは大樹くんの問題であって、私の問題じゃないわ‼」

と、玲華はそれはもう清々しい顔で言ったのである。

「……ば、馬鹿な……」

大樹はそれだけ絞り出すのがやっとだった。

「あ、うん、その、大樹くんが色々ケジメ？　つけて、話したいっていうのは勿論尊重したいけど……でも、大樹くんだって一緒に住むの同意したじゃない？」

「──っ、そ、それはそうですが……」

そう、大樹は同意したのである。させられたのではない。自ら同意の声を上げたのだ。

そこで幻聴か、大樹の耳に『攻守交替！』というアナウンスが聞こえ始めた。

「それに……うん、大樹くんの我慢が切れるっていうのは、それってつまり、それだけ私のことを──ってことでもあるし……そう考えると、嬉しい？　かな……」

チラと大樹を見てから恥ずかしそうに頬を染め、それでいて嬉しそうに玲華は視線を落とす。

「……っ、そ、それは確かにそうかもですが、ですが、それだけという訳でも──」

恋愛感情とは別に、男には抗い難い性欲というものがあるのだと大樹は声を大にしたかった。

「……うん、そう、そうね」

しかし、大樹の声など聞こえていない様子で、玲華は何やら呟いては頷いている。

もう、嫌な予感しかしなかった。

そして玲華は拳を力強く握って叫んだのである。

「そうよ、寧ろ大樹くんに手を出させたら私の勝ちってことじゃない──！」

大樹の耳に今度は『玲華《ポンコツ》が暴走を始めました』というアナウンスが流れたのであった。

# 第八話　めまぐるしい

「んー、やっぱり美味しいわね、これ」

「……そうですね」

以前にも作ったこともあるハニトーもどきを頬張って上機嫌な玲華に、大樹は力無い声で返した。

玲華がぶっ飛んだ発言をした後、興奮したように「そうよ、間違い無いわ――!!」と更に続けようとするのを、大樹は必死になって落ち着かせようとしたが、暴走したポンコツはなかなかに治まらなかった。

玲華の言い分が、彼女の立場からしたら確かに一理あり、そして思わぬ方向から反撃されて虚を衝かれた大樹が狼狽して、碌に反論出来なかったことも拍車をかけた。

最終的に「一旦、甘いものでも食べて落ち着きましょう!」と、大樹はキッチンに入って強引に話を打ち切ったのである。

だが、最善とは言えずともこれは悪い手ではなかった。

キッチンに入って大樹が作業を始め、話す相手が眼前からいなくなったことで、玲華も少し落ち着き始めたからだ。その段になって、自分が何を口走ったのかを思い出したようで、頭を抱えたり、悶えたり、顔を赤くしたりと、一人百面相を繰り返していた。

だが、暴走の最中であろうと、玲華の「いっそ襲ってくれてＯＫ」発言は決して間違ってない一手であることも事実であったので、顔を真っ赤にしながら一人でうんうん悩んだ末に、納得したように頷いて、以降この話に触れることはしなかった。

これは先の発言を無かったことにするのでなく、言ってしまったことを否定しないという意思表示だと、大樹は言われずともわかってしまった――真っ赤になって恥ずかしそうにしながらも、無理したように勝ち誇ったような玲華の表情から。

げに恐ろしきは暴走したポンコツ――いや、開き直ったポンコツか、大樹は玲華をおちょくるのもほどほどにしなくてはいけないかと認識を改めながら、調理中に重苦しいため息を吐いたのだった。

そしてこの話し合いに於いて、玲華のあの発言に対して反論の術を思いつかない大樹は完全敗北を認めざるを得なかった。開き直りであろうと、玲華の言う通り、大樹が我慢出来るかどうかのプライドの問題、というのは決して間違ってないからだ。

玲華《ポンコツ》が大樹をやり込めたという、なかなかに珍しい瞬間だっただろう。

なので、玲華がこれ以上話をしないのならと、敗北を受け入れた大樹は、話をほじくり返すことはしなかった。もうする気が起きなかったというのが正しいか。この件に関しては藪蛇になりかねないと大樹は判断したのである。

これを戦略的撤退と見るか、ヘタれて逃げたと見るかは人次第だろう――完成したオヤツを食べている両者の表情を鑑みるに、どちらかは明らかなような気もするが。

終始満足した顔でオヤツを食べ終えた玲華は、コーヒーを傾けながら大樹に尋ねた。

「ねえ、大樹くんの後輩達との面談って、いつにしようか？」

迎え入れる気満々で、もはや試験的に面接をする気は無いからだろう、「面接」ではなく「面談」という言葉を使った玲華に、敗北感から打ちのめされていた大樹は意識を切り替えて顔を上げた。

「……そう、ですね。こちらとしては、基本毎日忙しいと言えるので、ある意味いつでもいいです。玲華さんの都合のいい日に合わせます」

「あ、はは……なるほどね……」

基本毎日遅くまで残業をしている大樹達からしたら、全日無理と言える。が、それでは話にならないので、無理矢理時間を空けるしかなく、それならそれでもういつでもいいという意味を余すことなく受け取った玲華は、乾いた笑みを浮かべ、スマホを手に取って画面に目を落とした。

「んー……大樹くん達からしたら平日はやっぱり定時後しか無理よね？　定時後も難しそうだし……遅くてもいいわよ。あと、土日でもかまわないわよ。転職活動してる人で平日は無理って人よくいるから。どっちがいい？」

「でしたら……久しぶりに定時で上がっても罰は当たらないでしょう。平日の定時後でお願いしていいですか？」

「いいわよ。平日の定時後ね、直近だと……来週の水曜なんか都合いいけど、どうする？」

「では、そこで」

「はい、面談の場所は私の会社で構わないのよね？」

「構いません」

「はい、じゃあ来週水曜の……十九時頃がちょうどいいかしらね？」

「……そうですね。定時に上がれば、余裕をもってその時間には玲華さんの会社に到着出来るかと」

「ん……その日は大樹くんが後輩達を連れてくるって認識で間違ってない？」

「そうですね。いきなり、玲華さんの会社に行けと言われてもあいつらも困るでしょうし……俺も行ったことはありませんが」

苦笑して言うと、玲華も「それもそうだったわね」と微笑む。

「……なので、俺も玲華さんの会社に行く訳ですが……大丈夫ですか？」

これは先ほど話していた公私を分けた態度が取れるのかという意味である。

「ん、んー……ま、まあ、大丈夫でしょう。大樹くんと一緒に面談する訳でもないし」

無理したように笑う玲華に、大樹は一抹の不安を感じたが、まだ後輩達なら色々バレても自分でどうにか出来るかと、無理矢理蓋をする。

「だ、大丈夫よ！　第一、大樹くん達がうちの会社に来た時、案内するの私じゃないし！」

「それもそうですね……面談の時、俺が別室にいれば、最初から最後まで顔を合わせることもありませんか」

「うんうん、あ、でも最後に挨拶ぐらいはしないと不自然だから、その時だけかしらね？　その時だけ気をつければいいなら問題ないわよ！」

そう言って自信ありげにドンと自らの大きな胸を叩く玲華。

「前もってその時だけと意識してれば、短ければ……まあ、それなら大丈夫……か？」

自分に言い聞かせながら首を捻る大樹に、玲華が不満そうに眉を寄せる。

「もう、それぐらいは信頼してもらいたいわね」

「……」

「ちょ、ちょっと何で無言なのよ⁉」

「いえ、別に……」

「何で目逸らすのよ‼」

「ああ、すみません。信じようとはしてるのですが、根っこの部分でそう思えてなかったようで……」

「それって丸っきり信じてないってことじゃない⁉」

「いえいえ、そんな……信じたいと思ってますよ」

「……つまり、信じてないってことじゃない」

「……」

大樹は無言で目を逸らした。

「もう――‼」

憤慨する玲華に、大樹は苦笑して宥めるように声を出した。

「まああ、落ち着いてください。やると決めたのならやるしかないですし、後輩達の前なら失敗してもまだ俺から頼んで口を噤んでもらえそうですしね、当日は試しのつもりでやってみましょう」

「……なんか失敗前提で言ってない？」

「……ソンナコトアリマセンヨ？」

つい棒読みになってしまった大樹に、玲華は先ほど以上に憤慨して立ち上がった。

「もう怒ったんだから！　見てなさい！　面談の日、完全に公私を分けた態度で接して見せるんだから！　大樹くんこそ私の完璧な公私の公の姿を見て、それで驚いて普段の態度で接するようなミスしないようにね‼」

「俺が……？　はは、そんなまさか」

自分がそんなミスをするとは露とも思っていない大樹は、ついつい鼻で笑って否定してしまった。

「は、鼻で笑うなんて……！」

「おっと、いくらなんでも失礼でしたね。申し訳ないです」

そんな大樹の余裕ある姿にまた腹立ったのだろう、玲華はダンっとテーブルを両手で叩いた。

「……いいでしょう。そこまで言うなら賭けましょう」

俯いて不気味な雰囲気を漂わせる玲華に、大樹は訝しんで問うた。

「……賭けですか？」

「そうよ。面談の当日、私がミスをしなかったら私の勝ちで大樹くんの負け、ミスをしたら私の負け——どう？」

「ふむ……なるほど。負けたらどうなるんでしょう？」

「決まってるじゃない！　勝者の言うことを一つ何でもきく——よ！」

握った拳をかざしてそう力説する玲華の頭上に負けフラグがドンと立つのを、大樹は幻視した。

「ほほう……いいでしょう。その賭けに乗りましょう。ですが、その条件だと俺が少し有利ですね。なので、俺がミスをした時は玲華さんがミスしようがしまいが俺の負けでいいですよ」

一切ミスする気の無い大樹からしたら、この条件はあろうがなかろうが一緒であった。それに万が一大樹が負けたとして、玲華が自分にどんな要求をするかというのも割と興味があった。

そんな風に大樹が更に余裕を見せると、玲華は歯軋りをせんばかりに睨みつけてきた。

「い、言ってくれるじゃない……！　さっき私の言った条件だと大樹くんの方が有利ですって……!?」

「……何か間違っていたでしょうか？」

空惚けながらも不敵に笑う大樹に、玲華は「ぐぬぬ……」と唸った。

「そこまで言うのなら……三つよ！　負けた方は勝った方の言うことを何でも三つきいてもらうことに変更よ‼」

「ほほう、三つもきいてくれるんですか」

負ける気がまるでない大樹からしたらボーナスが増えたようなものだ。そして既に勝った気でいるような言い方に玲華は更に唸った。

「ぐぬぬ……見てなさい！　そうやって余裕でいられるのも今の内なんだからね‼」

ビシッと指差して宣言する玲華に更なる負けフラグが量産されるのを幻視した大樹は鷹揚に頷いた。

「なるほど。その時が楽しみですね」

「ぐ、ぬ……こ、後悔しないことね‼」

顔を真っ赤にする玲華に、これ以上はやめておくかと頷いてコーヒーカップを傾ける大樹。からかうのもほどほどにしないととさっき思ったばかりなのに、こうやってからかってしまったことで浮かんだ苦笑をそうやって隠したのだ。

（……どうにも、からかいたくなるようなところを見せられるんだよな……）

ムキになる玲華が可愛いというのもあった。

その玲華はプンスカした雰囲気を漂わせながら大樹と同じく、コーヒーに口をつけていた。

「あ、玲華さん」

「……何？」

眉をひそめて不貞腐れた顔で返事をする玲華に、噴き出しそうになったがなんとか堪える。

「一応聞くんですが、俺との面談って考えてたりしますか？」

「……大樹くんと面談って何の意味が？」

「体裁的に」

そう答えると玲華は少し考えてから言った。

「いえ、いらないわね。したかどうかを聞かれたら、適当な場所でしたとでも言えば納得するでしょう……そもそも、誰も聞かないと思うし」

「ま、そうですね」

大樹としても必要だと言われたら寧ろ困っただろう。

それに実質的な話、今日の昼からの話は殆ど面談みたいなものとも言える。

「それと……後輩達の面談についてなんですが、少し頼みたいことがあるんですが、いいですか」

「何かしら？」

「ええ。既にあいつらを受け入れる気でいてくれてるから面談と呼んでいるのでしょうが、当日は面談形式でなく、普通に面接を行なう形を取ってもらってもいいですか？」

「……？　どういうこと？」

「ええ、あいつらには面談と話さず、面接だと思って玲華さんに会ってもらいたいと考えてます。その方が、このまま何の試練も試験も無く入るより、あいつらのためになるかと思いまして」

「……なるほど。それは確かにその方がいいかもね。大樹くんに連れられて私と会って、採用通知だけ出されても、実感も湧かない、か」

「ええ。出来レースですが、あいつらにとって大本命の会社に入るんです。どうせなら、その前に一踏ん張りしてから入った方が、その先もやり甲斐を持って働けると思います」

「……文句のつけどころが無いわね。いいわ、合格が決まっている面接を行いましょう」

最後は悪戯っぽく笑って賛同してくれた玲華に、大樹は頭を下げた。

「――恩に着ます」

「やーね、これはお互いに利のある話じゃない。私は入れようと思ってる子達がよりやる気を持ってもらえるように、大樹くんは後輩達に自信を持たせたいために――そうでしょ？」

笑い飛ばしながらウィンクして見せる玲華に、大樹は苦笑しながら顔を上げる。

「ええ。まったくその通りで」

すると玲華は少し呆れ気味に苦笑する。

「ほんと……大事にしてるのね、その子達のこと」

「……そうですね。あいつらがいなかったら俺だって今までやってこれたかわかりませんし」

金銭的な理由というのもあるが、後輩達がいるから大樹は転職を延ばしたようなものだ。だが、あの後輩達と一緒だったからこそ頑張れたのも確かだ。

後輩達だけが大樹の世話になり救われたのではない、大樹も後輩達の世話になり救われていたのだ。

互いに励まし合ったからこその今がある。

互いに会社を離れ、それぞれが別の会社へ転職するという意識をした日から、大樹は日々そのことを実感させられていた。

ついしみじみとする大樹に、玲華は拗ねたように唇を尖らせていた。

「はあ……なんか、妬けちゃうなあ……」

「ん？　何ですか？」

意識が後輩達に向いていて聞きそびれた大樹に、玲華は首を振った。

「いーえ、何でも……それじゃあ、とりあえずは来週の水曜に面談——面接ね。都合が悪くなったら事前に言ってくれたらいいからね」

「ええ、了解です。当日はお願いします」

「ん——じゃあ、これで難しい話は終わりね。もう今日この後はゆっくりしましょ」

そう言ってグデっと体を弛緩させる玲華につられて、大樹も体を弛ませ、椅子に体重を預ける。

（……そういや、来週から同居だったか……）

もう完全に決定事項のようになっていて、今更ながらに早まった感が否めない大樹であった。

◇◆◇◆◇◆◇

「俺の一人用こたつのテーブルですが……話し合う必要もなく不要ですね」

「そうね」

「布団は――」

「特に思い入れが無いのなら処分して、今うちにあるやつ使えばいいんじゃないかしら？」

「……ですね。後は服とかを収納してたようなチェスト類ですが……」

「うーん……そうね、それはそのまま持ってきていいんじゃないかしら」

「了解です。後、大きなものといえば……無い、か」

「そっか。じゃあ、仕事で忙しい中大変だとは思うけど、要不要の分別だけお願いね」

「わかりました」

大樹が頷くと、玲華は鼻歌でも歌いそうなほど上機嫌にカップを傾けた。

二人は大樹の引っ越しの際に、大樹の家から運ぶもので必要なもの、不要なものについて話し合っていたのだ。結果、大樹が玲華の家に運ぶものといえば、愛用の調理器具の他は、パソコンと服ぐらいであったことがわかった。

他に家にあるもので必要なものは既に玲華の家にあったり、代用が可能だったりと、大半が不要になった。もしくは、玲華の家に置くには余りにも不釣り合いに思えるから処分というものが多かった――この家の格式に対してという意味でだ。

後は細々としたものだが、それらはダンボール一箱に詰められる程度のものである。

（……こんなに楽な引っ越しもそうは無いな……）

特に今の大樹は仕事が忙しく、ゆっくり荷造りしてるヒマなど無いから助かるというもの。

何かこう、外堀が埋められていくような、もしくは真綿でジワジワ首を絞められていくような、言いようのない何かに襲われている感覚があるが、大樹はそれには蓋をして見ないことにした。

「寝るところは今の和室そのまま使ってくれたらいいからね」

「……いいんですか？」

和室はこの家の中でも一室しか無いのではと思っていた大樹は遠慮がちに聞いた。

「いいわよ。他の部屋がいいのならそこ使ってもいいけど……仕事が落ち着くまでは、多少なりとも慣れたところで寝た方がいいんじゃない？」

「では、お言葉に甘えて」

「ふふ、もうそういうのいいから。大樹くん、ここに住むんだし。一々遠慮なんてしてたら疲れるわよ？」

「……善処します」

いつかは慣れるだろうとは思うのだが、いかんせん今住んでいるアパートとの落差が激しくて、慣れることが出来るのだろうかという疑念が尽きない。

眉を寄せて大樹が固い顔をしたからか、玲華がおかしそうに肩を震わせる。

「ふっふふ……もっと気軽になったら？　大樹くん」

「はあ……まあ、いつかは慣れるとは思います」

「そうね……ふふ、引っ越しが終わったら、もういつでも顔合わせられるわね」

その言葉は大樹に向かって言っているというよりも、自分へ向けられていて、自らのその言葉にしみじみとしているように見えた。

何と返したものかと思った大樹は、悩んだ末に自身の頭を掻いた。

嬉しそうに幸せそうに微笑む玲華を見て、茶化す気になれなかったのだ。

「……そういや、今日の夕飯は何が食べたいか決まりましたか？」

「あ、そうだ、それね……やっぱりオムライスかな。前のランチの時から気になってたのよね」

「オムライスですか……ケチャップの方で？」

「？　ケチャップでないのもあるの？」

「まあ、それは。和風オムライスなど」

「あ、和風オムライスかー！」

「ええ。どちらがいいですか？」

「う、うーん……和風のも気になるけど……ずっとケチャップのオムライスイメージしてたし……け、ケチャップの方で――！」

玲華は断腸の、という表現を思わせるほど苦悩した末にそう決断した。

これには苦笑せずにはいられない大樹であった。

「わかりました。まあ、和風はまたの機会ということで」

「そうね、もう一緒に住むんだし、いつでも機会あるわね！」

ニコリとする玲華に、大樹は頷いた。

（……ケチャップがいいって言ったし、まあいいか）

大樹は和風オムライスが自分にとってどういうものかということを今更話すのも無粋かと思って、ここでは言わなかった。

「あ、じゃあ、お米だけ先に研いで炊いておいた方がいいわよね？」

「そうですね」

「じゃあ、やっておこうかな。ちょっと待ってて」

飯炊きは自分の仕事だと言わんばかりに玲華は腕まくりをしてキッチンに入った。

妙に気合の入ったような姿を見せる玲華に、大樹の頬が思わず綻んだのだった。

◇◆◇◆◇◆◇

「何度も思ったことあるんですが、やっぱりデカいですね、このテレビ……」

「あ、はは……やっぱりそう思う？」

「ええ。電化製品店で並んでるテレビの中でも一番大きいのがこれぐらいじゃないですか？」

「あー、うん……大体それぐらいかも……」

まだ夕方の内でも早く、急いで食事の用意をする時間帯でもないということで、玲華からテレビでも観ないかと提案があり、特に反対する理由もなかったので、二人は今いつものソファーに腰掛けて正面のテレビに目を向けている。

ちなみに観るものは、以前話題にしていて大樹が一部見逃した、玲華も観ていたアニメのBlu-rayである。

意外にもこの家で腰を据えてテレビを観るのは初の大樹が、再生が始まる前に改めてテレビの巨大さに言及すると、玲華はどこか所在なさげになったのである。

「……玲華さんが好きで選んだんじゃないんですか、このテレビ？」

すごいでしょ、などと少し自慢するように返されると思っていた大樹が意外に感じて問うと、玲華は乾いた笑みを浮かべる。

「あ、はは……実は一緒に家電製品見に行った子に、絶対これがいいって推されて――」

「……なるほど」

「前にも話したことあるけど、私にこのアニメ勧めてきたって子いたじゃない？　会社の立ち上げメンバーの一人でもあるって……」

「ああ、言ってました――……もしや、その人がこのテレビを堪能したかったから勧めてきたんじゃ……？」

ふと思いついた疑念を聞いてみると、やはりそうだったようで、玲華は力無い笑みを浮かべて頷いた。

「そうなのよね……だから、たまにだけど、うちに来てテレビの前でゴロゴロするようになっちゃって……」

頬に手を当てて悩ましげに息を吐く玲華に、大樹は苦笑した。

「まあ、でも……俺としては、こういう大きいテレビはどこかテンション上がったりしますから、少し感謝ですかね、その人には」

大樹も多数の男の例に漏れず、大きいテレビが好きである。

「ええ、そうなの？　私はもうちょっと手頃の大きさのがいいかなと思ってたんだけど……」

「そんな、とんでもない。このテレビはいいものです」

大樹は断固と首を横に振る。

「そ、そう……？　まあ、大樹くんが気に入ってるのならいいか……」

「ええ、いいと思います」

強く頷くと、玲華は目を丸くして噴き出し気味に微笑んだ。

「ふふ、そっか――始まるわよ」

促されて目を向ければ、巨大な画面にアニメが迫力よく映し出される。

「おお、懐かしい……この曲格好いいですよね」

「わかる。めちゃくちゃ早口でとても歌える気しないのが残念だけど、格好いい曲よね」

「はは、確かに。カラオケよく行くんですか？」

「たまにってところかな？　会社の飲み会の二次会とか」

「なるほど。俺は最近は――」

などと、雑談を挟みつつ二人はゆったりとアニメを楽しみ始めたのだった。が――

◇◆◇◆◇◆◇

「……大樹くん？　ありゃ……寝ちゃった……」

視聴を始めて割とすぐに、玲華は大樹の腕を抱えるようにくっつき、大樹の肩に頭を載せてアニメを観ていたのだが、大樹の口数が少なくなったかと思えば、その頭が力無くしたように玲華の頭上にもたれてきたのだ。

そしてすぐに寝息まで聞こえてきて、玲華は短く息を吐く。

「やっぱり疲れてたか……いえ、疲れてて当然ね。週一回しか休まずに毎日遅くまで仕事してるんだから……よっこいしょ」

まずはゆっくりと首を動かして、大樹の頭を自分の肩に載せる。

そして肩の位置はそのままに、少しお尻の位置をズラす。

「よい──っしょ、うわ──っ⁉」

そうして大樹の頭をゆっくり自身の膝に落とそうとしたら、途中で引っかかってしまった。

──胸にだ。玲華の豊満な胸にポヨンと引っかかって大樹の頭がそこに載ってしまったのである。

「………いや、いいんだけどね、大樹くんだしさ──でも、寝てて勿体無かったんじゃない？　ウリウリ」

悪戯っぽく笑いながら、玲華は大樹の頬を突いて遊ぶも、大樹は幸せそうに寝ていて起きない。

仕方ないなと苦笑しながら、玲華は大樹の頭を支えて太ももの上に載せてやる。

そこでふと気づく。

「あれ……？　もしかして、男の人に膝枕するのって初めて……？　ふ、ふふ、光栄に思いなさいね？」

そうして再び大樹の頬をツンツンと突く。

それからふと手の位置を大樹の頭にスライドして、髪に触れる。

「……見た目ほどゴワゴワしてないのよね」

厳つい大樹の風貌から髪も固そうなイメージがあるのだが、触ってみるとそれほどでもなく、なかなかに感触は悪くない。なので、そのままゆっくり撫でることに集中してしまう。

「……あ、なんか今すごく幸せかも……」

玲華の頬が知らずの内に緩んでいく。

この時の玲華の顔を大樹が見逃してしまったのは非常に不幸なことだっただろう。

女性的魅力に加え、慈愛もこもったその微笑みには同性であっても見惚れること間違いなかったからだ。

「あ、このままだと冷えちゃうか。よ――っと」

大樹の頭を撫でる手はそのままで、ソファのすぐ横に置いてあるブランケットを反対の手で

取ってから、大樹のお腹の上に広げてやる。

「……時間的に二時間ぐらいは大丈夫か。おやすみ、大樹くん――」

◇◆◇◆◇◆◇

「あ、起きた……？」

大樹の細く開かれた瞼から見えた光景は、まず大きな山が二つだった。

そして目を凝らせば、その山の向こうから非常に麗しい顔が自分を見下ろしていた。

「そろそろ起こそっかなって思ってたんだけど……スッキリした？　よく寝れた？」

その言葉を聞いて大樹は朧気に自分がどういう状況かを理解し始めた。

いつの間にか眠っていたらしい。更には――

「……あー……もしや、この後頭部の柔らかい感触は……？」

そう聞いてみると、山の向こうから苦笑したような気配が伝わって来た。

「さて、何でしょう……？」

「……そうか。これが、あの伝説の――」

「え、ちょ、大樹くんの中で膝枕ってどういう立ち位置なのよ⁉」

「……何せ、経験がなかったものだったので」

「ふ、ふーん……？　そ、それならこれが初めてってことなのね？」

「……そうなりますね」

「そ、そっか……ふふ――」

くすぐったそうで、それでいて嬉しそうな声が聞こえて、それがまた心地よく感じて大樹は目を閉じた。

「……まだ眠い？」

小首を傾げる玲華に、大樹はゆっくり口を動かした。

「――いえ、ただ色々心地いいから、つい……」

「そ、そう……」

照れたようにまごついた玲華は、それを誤魔化すためなのか、大樹の頭をサワサワと撫でた。

（……気持ちいいな、これも……でも、なんかこの感触は……？）

「……もしかして、寝てる間もそうやってました？」

もう薄れかけてる夢の中でも、同じようにされていた気がした大樹が聞いてみると、玲華が慌てたように手を引っ込めた。

「え、あ――ご、ごめんなさい……」

「いえ、別に怒ってませんよ……それよりやめないでくださいよ」

まだ少し寝惚けていた大樹は、自分でも知らずの内に甘えるような声が出ていた。

「え……あ、うん……」

少し戸惑ったような玲華は、再び大樹の頭をゆっくり撫で始めた。

（……なんか、風呂入ってるみてえな心地よさがあるな……）

暖かい玲華の手をそうやって意識していると、大樹はまた眠りに陥りかけた。

「……そろそろ十九時前だけど……もう、今日は出前でも取ろっか？」

気遣うように玲華がそう言ってきて、大樹はパチッと目を開けた。

「……もうそんな時間でしたか」

呟いて、大樹は非常に名残惜しさを感じながら腹筋だけでゆっくり体を起こした。その拍子にブランケットが自分からズレ落ちるのを見て、玲華がかけてくれたのだと知る。

「かけてくれたんですね、ありがとうございます」

そう言ってから欠伸をする。

「ううん……ねえ、疲れてるならご飯作らなくて、出前でもいいけど……」

再度そう言われて、大樹は苦笑して首を横に振る。

「何言ってるんですか、俺の楽しみを奪わないでくださいよ。それにぐっすり寝れたから、サッパリしてますよ」

「でも――楽しみ？」

言い募ろうとしたが、そこが気になったようで玲華は小首を傾げた。

「ええ。後、玲華さんの膝枕なんてものを堪能させてくれたおかげで気力も十分、元気一杯になりましたしね」

悪戯っぽく笑ってからかうように言うと、玲華は僅かに頬を染めるもツンと顎を反らして言い返してきた。

「そ、そうね。光栄に思いなさいよね」

「はい。感謝してますとも」

真面目ぶった顔で頭を下げる大樹に、玲華は偉そうに「うんうん」と頷いている。

「いやあ、嬉しいですね。一緒に住んだら、玲華さんの膝枕をいつでも楽しめるなんて」

大樹が何気ないのを装って言うと、玲華は目を丸くした。

「え」

「え、ダメなんですか」

「うっ——い、いいけど……」

そう言いながら少し恥ずかしそうに俯く玲華があまりに可愛く見えて、大樹は一瞬理性が吹き飛びかけ、寸でのところで正気に返る。

（……あ、危ねえ……）

膝枕をまたしてもらいたいのは本当だが、先のように言ったのはからかいも含んでいたのである。が、それによって理性を失くしては自爆もいいところである。

大樹は玲華から目を逸らしながら立ち上がった。

「——さて、晩飯の準備を始めますか」

「ねえ、本当に疲れてないの？　大丈夫？」

また気遣うように言われるが、よくよく考えたら昨日もうっかりテーブルで寝てしまったんだったなと大樹は苦笑する。

「大丈夫ですよ。それにオムライスですしね、三十分もあれば終わります」

「……そんなすぐ出来るもんなの」

「ええ。ナポリタンと似たようなもんです。すぐ終わりますから、待っててくださいよ」

「……ん、わかった」

# 第九話　それはズルい

厚めに切ったベーコンを熱したフライパンに載せて炒める。十分に熱が通って焼き目がついたら、バターを入れて溶かし、みじん切りした玉ねぎとピーマンを入れてベーコンもろとも炒める。バターの芳醇な香りが野菜の香ばしさと合わさって、良い匂いが鼻を刺激してくる。

少し火が通ったら、その上にケチャップ、ウスターソース、顆粒コンソメを入れて炒めて水分を軽く飛ばす。再びバターを入れてからご飯も入れ、塩コショウを振りながらフライパンを振ってひたすら炒める。そうして満遍なくご飯が赤くなったらケチャップライスの完成である。

「あ、そうだ。卵はどうします？」

いつもの如く、今にもよだれを垂らしそうにフライパンを凝視している玲華に大樹は声をかけた。

「――へ？　え、何？」

「卵です。どうしますか？」

「……？　どうするって、どういう……？」

質問の意図を掴みかねている玲華に、大樹は三本指を立てて見せた。

「オムライスに載せる卵です。喫茶店みたいな固焼き、カフェみたいなふわとろの半熟――スクランブルエッグが載っているようなやつですか、最後にオムレツを載せたやつ――まあ、大体三つのパターンがありますが、それをどうしますかという質問です」

「あ、そ、そう……固焼きと半熟に……——え、オムレツ!?」

「そうです。テレビで見たことないですか、オムレツを載せてスプーンで軽く割ってやるとトロッと中身が流れるやつです」

「あ……そう言えば、お店で見たことある……え、そんなのも出来るの!?」

驚愕して聞いてくる玲華に、大樹は眉をひそめた。

「何言ってるんですか、俺は洋食屋の倅ですよ。オムレツ作れて当たり前でしょう」

「ええ……？ そ、そういうものなの……？」

困惑を浮かべて納得しかねるといった顔をする玲華に、大樹は当然とばかりに頷いた。

「そうなんですよ——で、どれにしますか？」

「ええっと……ええ、どうしよう。何て素敵な三択なの……！」

玲華が文字通りに頭を抱えて悩んでいる横で、大樹は卵を割って牛乳を混ぜて泡立て器でかき混ぜる。

鍋で煮込んでいるスープを横目で見て、もう十分かと火を止める。

サラダは水菜とツナのサラダを用意してある。料理名の材料の他、オリーブオイル、酢、塩コショウを混ぜただけという、手軽なものだ。スープも含めてだが、玲華が心配してくるので時間のかからないものにしたという面が強い。

「う、うーん……他も気になるけど、やっぱり最初は——固焼きので！」

長い苦悩の末に断腸の思いで答えを出したような玲華に、大樹は噴き出しそうになりつつ苦笑気味に頷いた。

「了解しました」

それならばとかき混ぜている卵に砂糖とマヨネーズをちょこっと追加して再び混ぜる。

それからフライパンにバターを入れて溶かすと、溶いた卵を入れて焼き始める。周りが固まり始めたらチーズをパラパラとかけてからケチャップライスを載せて、卵を折りたたむと完成である。

皿でフライパンを蓋するように被せ、フライパンごとひっくり返すと、オムライスがボトッと落ちる。

いつも思うが、白いお皿に黄色のオムライスはよく映える。

「わあっ——目の前で見てると、なんか感動的」

「一人前完成」

玲華の場合は、口にした言葉に加えて「自分の家で」というのが入ってよりいっそう——ということである。

目をキラキラさせている玲華に、大樹はまた大袈裟なと苦笑する。

そして大樹は自分の分として卵を焼くが、玲華より多めに食べる分、手間がかかるのでいちいち包もうだなんて思わず、皿に載せたケチャップライスにチーズをちりばめ、焼いた卵を被せて、上下のケチャップライスからはみ出している部分を皿との間に押し込んで、それで完成ということにする。

「あー……なるほど、無理してフライパンの上で包まなくても、そうやればいいってことなのね……」

「ええ、でも手抜きには違いないですからね。それでも味に大差は無いですし、何より自分で食べる分ならこれぐらいの手抜きは許されるでしょう」

「うんうん、見た目もこっちのと変わりないしね」

「でしょう？」

「ええ、とっても美味しそう！」

ニカッと笑んでサムズアップする玲華に、大樹は笑い返した。

◇◆◇◆◇◆◇

「いただきます」

上機嫌に手を合わせる玲華の対面で、大樹も手を合わせた。

そしていつものように玲華がサラダから箸を伸ばし、大樹も同じくサラダを一口、口へ運ぶ。

水洗いしただけの水菜はシャキシャキとして、酸味のきいたドレッシングが食欲をそそる。

それがツナと絡むことで、双方の味が一層引き立てられている上にアッサリとしている。

「あ、美味しいわね、これ」

口を手で押さえてモグモグとしながら玲華が簡潔に感想を述べる。

「カットした水菜にオリーブオイルと酢と塩胡椒の簡易ドレッシングかけて、ツナですからね。特別なことはしてませんが、不味くなる要素もなく、ツナがある分で旨味が増しますからね」

「なるほど……」

気に入ったようで、玲華は続けて二口ほどモシャモシャと食べた。

続いて、スープにスプーンを入れて一口する。

「……？　このスープ、お昼の残りの使ったの？」

「ええ、残っていたスープにキノコを足して和風に味付けしてみたんですよ。けっこうイケるでしょ？」

「うん……ホッとするわね。これも美味しい」

ジンワリと頬を綻ばせる玲華につられて大樹の頬も緩む。

昼に作ったスープが残っていたので、それを元に水と出汁と醤油とキノコを足して煮ただけの、手抜きの極みとも言えるが、それでも美味いものは美味い。

それに、残っていたじゃがいもが時間を置いたことにより、味が沁みて非常にいい味を出しているので、残り物といえど侮るなかれ。

「さて、それじゃ、次はオムライスを——あ、ケチャップ……をかけるのよね？」

オムライスの上にはまだ何もかけてなかったので、それについて聞いてくる玲華に、大樹は「ああ、ちょっと待ってください」と声をかけてから立ち上がり、電子レンジの中から温めていたものを取り出した。

「——これをかけてから食べてください」

「……？　これってケチャップよね？　わざわざ温めたの？」

玲華が言及した通り、見た目はケチャップにしか見えないので大樹は苦笑した。

「まあ、スプーンで掬ってみればわかりますよ。どうぞ」

「ふうん……？　あれ？　もしかしてこれトマト……？」

スプーンを入れた玲華が、不思議そうにする。

「ええ。ざく切りしたトマトをケチャップに入れて加熱したんです」

「へーえ？　どれどれ……あ、なんか雰囲気がちょっとオシャレっぽく……」

ただのケチャップをでなく、ぶつ切りになった固形のトマトも載ると、確かに雰囲気が少し変わる。思わずといったように微笑んだ玲華を目にしながら、大樹もオムライスにそれをかける。

「うんうん、でもこれぞオムライスって感じよね」

「まあ、確かに」

黄色の薄焼き卵の上に赤いケチャップがかかると、もうオムライス以外には見えないのは当たり前で、更に言うなら「オムライス」と聞いて、一番イメージされるのがこの姿だからだろう。

そんなことをつい口に出した玲華に、大樹は苦笑しながら相槌を打つ。

「それじゃ、いただきまーす――」

言ってから玲華は湯気を立てているオムライスにスプーンを立てる。

ふーっと息を吹きかけて、パクッと一口。

「――！　……!?」

モグモグと咀嚼しながら玲華が何やら目で必死に訴えてくる。

「……？」

解読を試みたが、大樹は早々と諦めてオムライスを一口頬張った。

まずくるのが卵の感触である。固焼きであるが、牛乳も混ぜられたそれは少ししっとりと柔らかく、バターの風味を広がらせる。続いて、上にかけられたトマトも混ぜられたケチャップである。煮詰めたことで少し水分の減ったそれは濃厚で更には固形のトマトからの酸味も加えられてフレッシュさもある。そしてケチャップライスだ。ケチャップとバター、塩胡椒で味付けされた米はパラパラとして食感もまた良い。加えて厚めに切られたベーコンが来るのだが、こっそり入っているピーマンの苦味が全ての材料の甘さを引き立たせている。これらの材料が揃えば、たとえ下手くそが作ってもそれなりに美味く出来る。が、作ったのは洋食屋の倅で料理を得意としている大樹なのだから――

（――うむ、美味い）

我ながら良い出来だと自画自賛してもいいだろう。そう思いながら続けてもう一口頬張ると、今度は中心寄りにあったチーズに届き、それが混ざる。

（……やっぱりチーズとトマトの相性は良過ぎるな……）

　玲華が好きみたいだから入れたのだが、大正解だったと大樹は一人うんうんと頷いた。出来に満足していると――

「うう――美味しい……‼」

　ジーンと感動で打ち震えそうな様子の玲華に、大樹の顔が綻ぶ。

「ですか。それは良かったです」

「うん、本当に美味しい……今まで食べてきたオムライスの中で一番かも」

「はは、そんな大げさな」

　流石にそれは色々補正がかかり過ぎだろうと笑い飛ばす大樹に、玲華は反論する。

「もう本当よ⁉……最初の一口食べた時は、ああ、喫茶店のオムライスの味だ――って、子供の頃に喫茶店で食べた時のこととか思い出したけど、でも記憶にあるよりも遥かに美味しいって、湧いたイメージとか消えていって……うん、美味しい」

　そう言って幸せそうに玲華はオムライスを頬張る。

「食べ進めて出てくるチーズなんか堪らないし……ベーコンってオムライスとこんなに合うものなのね……ねえ、このかかってるケチャップも、美味しいわね。味が少し濃くなってる？　だけでなく、トマトの食感もいいし……うーん……とにかく、美味しい」

「はは……味が濃くなってるのは加熱して水分が飛んだので、少し塩を混ぜてるせいですね。あと、トマトも混ざってるっていうのと」

「なるほど……このケチャップ、他の何かにかけても美味しそう……あ、ポテトのディップに使うのも良さそうじゃない？」

「ああ、それはありですね。ポテトなら……薄切りしたジャガイモに載せて食べるのも美味いでしょうね」

「あ、それ絶対美味しい！」

「今度、つまみが欲しい時にでもやりますか」

「あ、やりましょう！」

そうやって笑顔でオムライスを食べ進める玲華を見て、大樹の体に満足感や達成感が満ちていく。

（……癖になりそうだな、これは……）

今の玲華と向かい合っていると、疲労なんて消し飛ぶ。だけでなく、活力が湧いてくる。

今この時が、先週会えなかった時から大樹の何よりの『楽しみ』であったのだ。

◇◆◇◆◇◆◇

「そういえば、後輩の子達には何て説明するの？　具体的にはどういう経由で面接が決まったとか、私と大樹くんがどういう関係かとか」

食事も終えて雑談に興じていると、気づけば遅い時間になっていたので帰り支度をする。いつものように下まで見送りについて来た玲華が、エントランスを抜けたところで聞いて来た。

「──あ、そう言えば……」

後輩達のことを頼むことばかり頭にあって、その辺のことを考えるのは忘れていた大樹である。

「考えてなかったんだ……」

「……まあ、そうですね。ふむ、どうしたものか……」

眉を寄せて考え込む大樹に、玲華は苦笑を浮かべる。

「んー、そうね……私とのことはある程度本当のことを言ってもいいんじゃない？」

「──というと？」

「ほら、私が階段で転んだところを助けてもらったこととか。家も近所だし、それが縁で何かと顔合わせる機会が増えた──とか。何も全部隠す必要は無いんじゃない？　後輩達には。そうでないと色々説明つかないでしょ？」

「……確かにそうですね。それが切っ掛けで俺は玲華さんに色々相談をすることになって、玲華さんがスマークの社長だということも途中で知った──ってとこですか」

「うん。それでいいんじゃない？」

「──ですね。それぐらいの関係性が無いと、確かに説明がつかないですね。どこでどう知り合ったら、三人も一気に面接に連れて行ける関係になるのかって話ですしね」

「そうそう。だから私と大樹くんは、あくまでも相談される、するの関係だって貫けば、特に問題ないんじゃない？」

「そうですね……それに、丸っきり嘘でない——いえ、嘘が殆ど無いのもいいですね」

相談だけの関係でないってところが嘘なぐらいである——いや、ある意味で『まだ』正式には付き合ってない二人であるから、まったくの嘘でもない。面接の翌週から同居することに関しては黙っておけばいい話である。

「ね？」

ニコリとする玲華に、大樹は頷く。

「ええ。それでもやはり畏まった態度を取った方がいいのは変わりませんがね。忘れがちですが、玲華さん歳上だし、立派な企業の社長ですしね」

「……？　忘れがちなのは歳上ってことだけよね？　そっちはなんか複雑なような嬉しいような……なんだけど」

一応という風にそう聞いてきた玲華に、大樹はそっと目を逸らした。

「ちょっと——!?」

憤然とする玲華に、大樹は落ち着かせるように手を突き出した。

「あ、いやいや、今日は存分に、玲華さんが社長だってことを意識しましたよ？」

「今日、は……？」

「……失礼しました。今日も、です」

そう言うと、玲華がそれはもう疑わしげな目を向けてきた。

「まったく……私のことを何だと思ってるのかしらね、大樹くんは？」

「ポン――ゴホゴホッ、綺麗で優しい女性だと思ってますよ？」

大樹は咄嗟に出て来た言葉を途中で飲み込んで、咳払いで誤魔化した。が、やはり誤魔化しきれなかったようで――

「――最初、なんて……？」

額に青筋が浮かんでいるのが見えるような迫力ある笑顔だった。

「……何も言ってませんよ……？」

空惚ける大樹に、玲華は目を細めて睨んできた。

「まったく……麻里ちゃん達といい、大樹くんといい、私のこと何だと思ってるのよ……？」

仕方なさそうに息を吐く玲華に、大樹は再びあの言葉が口を突いて出そうになったのを堪えた。

「まあ、いいわ。次の面接で見てなさい。たっぷりと大樹くんを悔しがらせてあげるわ」

公私のオンオフの態度をやり通すことについて言ってるのだろう。

大樹は腕を組んで大きな胸を張る玲華の頭上に「負け」と書かれた旗（フラグ）が立っているのを幻視しながら頷いた。

「楽しみにしてます」

「む……」

返事が気に入らなかったのだろう玲華が再び目を細めてくる。

大樹は思わず噴き出し気味に苦笑した。

「では――そろそろ帰ります」

そう言って背を向けようとしたところで「ちょっと待って」と袖を掴まれる。

視線を戻すと、玲華がすぐ近くまで寄ってきて大樹をジッと見上げてきた。

「何ですか？」

「……」

「……？　えっと……」

「ねえ、驚かせる時だけ……？」

困惑する大樹に、玲華がソッと呟くように言った。

「？　驚かせる時……だけ……？」

「そう」

短くそれだけ返した玲華は尚もジッと大樹を見つめるのである。

（驚かせる……時、だけ……――！）

「あ、あー……」

思い当たった大樹に、玲華は微笑みを浮かべて頷いた。

「――はい」

そう言って、玲華は大樹に向けて手を広げたのである。

ここまでされてやはり思い違いではなかったのだなと大樹は苦笑を浮かべ、昨日から玲華を一番驚かせたことを、若干まごつきながらゆっくりと実行した。

「――んん……」

抱きしめられて大樹の胸元におさまった玲華が、心地良さそうな声を漏らす。

（……そんな声出すのやめてくれねえかな……）

大樹は自身の理性が加速度的に削られていくのを自覚する。

それでもやはり玲華の抱きしめ心地は非常に良くて、知らずの内に徐々に腕に力が入っていく。

玲華の暖かさ、柔らかさ、匂いをより全身で感じていくと同時に一つの気持ちが大きくなっていく。

（……俺はやっぱり好きなんだな、この女性《ひと》が……）

わかっていたことを改めて自覚させられた瞬間だった。

また力が入っていきそうになった時、胸元にある玲華の顔が少し揺れる。

「――ふふっ……今、大樹くんが何考えてるか、わかっちゃった……」

ドキリとして大樹が思わず力を緩めると、玲華が顔を上げてニヤリとした笑みを向けてきた。

「えーと……何のことでしょう？」

至近距離にある玲華の顔にドギマギしながら聞いてみると、玲華がクスクスと微笑んだ。

「別に惚けなくても……多分、私と同じこと考えてたと思うから。何となくだけど、間違いないって思ったのよ」

何となく大樹もそれは間違いないのだろうと思った。思わされた。

「……そうですか」

「そうよー？」

嬉しそうに、だがからかうようにニヤニヤとした笑みを向けてくる玲華に、大樹は怯みそうになった。

「ふふん……どう――？　我慢出来そう……？」

挑発するように囁くように言われて、大樹の頬がヒクッと引き攣った。

「あ、あのですね、玲華さん……」

「んー？　何かしらー……？」

普段のポンコツぶりは一体どこに行ったのかと思うほどの大胆さを見せる玲華に、大樹は狼狽する。が、よくよく見れば、玲華の耳が赤くなっているのに気づく。

玲華も割といっぱいいっぱいのようだと察する。

「……」

大樹は無言で玲華を抱きしめる腕に力を込めた。

「ふぁっ――!?　ちょ、ちょっ――ギブ、ギブ!!」

肩をパンパンと叩かれ、数秒ほどしてから力を緩める。

「ちょっと！　もうちょっと力加減ってものを考えてよね!?」

「はっは、いやあ、つい――」

「むう……」

少し余裕を取り戻した大樹に、玲華は面白くなさそうに唇を尖らせた――がすぐに噴き出した。

「まったく、もう――ふふっ……ねえ、大樹くん？」

そして再度挑発するような笑みを浮かべた玲華が大樹の名を呼ぶと、背伸びしてから大樹の耳へと囁いたのである。

「これで、どれだけ我慢出来るかしらね……？」

「？　一体どう――」

耳をこそばゆく思いながら大樹が問い返そうとしたところで、自身の頬から「チュッ」と音が立った。

その音と柔らかな感触から何が起こったのか察した大樹がフリーズする。

そうして固まった大樹から、頬を染めた玲華が一歩離れる。

「……ふふっ。じゃあね、大樹くん」

はにかんでそれだけ言った玲華は背を向けて、タタタッと駆けてエントランスの中に入った。

そして閉じた自動扉の向こうから玲華が手を振ってきたので、大樹は機械的な動きでカクカクと手を振り返した。

すると玲華は小さく噴き出し、顔を背けて肩を震わせた。

だが、すぐに口元をニマニマさせた顔を向けてきて、また手を振る。

そこで大樹は「はあーっ」と大きく息を吐いて、硬直から返る。

そうしてどうにかしかめっ面を作って、大樹は手を振り返したのである。

そこでまた今にも噴き出しそうな玲華に背を向け、大樹はマンションから出たのだった。

それから十歩ほど歩き進めて、玲華からも見えない位置で力無く立ち止まった大樹は再び「はあーっ」と、大きく息を吐いた。

「……あれはズルい……」

ポツリと、そんな小さな声が虚しく夜空に溶けていくのであった。

# 第十話　その時間は……？

「昼休みに四人でランチって久しぶりじゃないっすか？」

「本当にね！　私は毎日でも構わないんだけど」

「そうね。でも流石に毎日外食してると飽きがくるのがね」

工藤、夏木、綾瀬がワイワイと口々に言いながら、椅子に腰を落としていく。

「それもあるが……そもそも、昼休みにも仕事してることの方が多いからな、うちは……」

「それなんですよね……」

異口同音にため息と共に同意する後輩達を横目に、先に奥へと促され腰かけていた大樹がメニューをテーブルに広げる。

平日の昼時、ランチタイムは定食を提供している会社の近くにある個室居酒屋で注文をすませると、大樹は後輩三人へ向けて尋ねた。

「お前ら、履歴書は書いてきたか？」

「バッチリです」

「楽勝ですよ！」

工藤がサムズアップ、夏木がドヤ顔で勿論だと示すのに対して、大樹は頷くだけして返すと、綾瀬へ視線をスライドさせた。

「――で、どうなんだ？」

その反応に工藤と夏木が揃って不満の声を上げる。

「ちょ、それ、どういうことっすか⁉」

「何で私達スルーして恵に確認するんですか⁉」

そんな二人に大樹はやはり頷くだけで返して綾瀬へと目を向けると、彼女はクスリと微笑んだ。

「大丈夫です。一部問題がありましたが、修正してもらいましたし、私も確認したのでもう問題ありません」

つまりは工藤と夏木だけでは問題があったということだ。

視線を戻すと、二人とも天井や床が気になっているのか、そちらへ目をやっている。

「そうか。いつもすまんな、綾瀬」

「いえ、これぐらいいつでも言ってください」

そう言って、スレンダーに見えて実はそこそこ大きい胸を張って、同期の友二人へドヤ顔をする綾瀬に、工藤と夏木が悔しそうに「ぐぬぬ……」と唸っている。

「先輩も確認されますか？」

綾瀬が胸ポケットに手を入れながら聞いてきて、大樹は目を瞬かせた。

「……もってきているのか？」

「はい。その確認のためのランチだと思いましたので。流石に実物を持ってくるのはどうかと思ったので、コピーしたものですが」

その用意周到さに流石だと大樹は苦笑した。

「そうか。だが、お前が確認して問題無いのならいい。先輩だからと言って、俺が確認するのもどうかと思うからな」

履歴書は立派な個人情報の塊である。見る必要が無いのならおいそれと見るべきものでないだろう。

「私は別に構いませんが……」

綾瀬が小首を傾げると、夏木と工藤も頷く。

「はいはい、私も先輩が見るのは構いませんよ！」

「俺も別にいいっすかね」

そんな三人の信頼のこもった言葉に、こそばゆい感情を覚える。

「……いや、問題が無いのならいいんだ。いいから、しまっておけ」

「……はい」

少し不満そうに頬を膨らませながら、綾瀬はコピーを胸ポケットにしまった。

そこで夏木が何気ないように聞いた。

「それで先輩、面接はいつなんですか……？」

その言葉を聞いて工藤と綾瀬もジッと見つめてきて、大樹は思わず苦笑する。

「流石にそこは察してるか」

「そりゃそうっすよ。履歴書が必要な時なんて、面接以外に思いつかねえっす」

「そうそう、工藤くんの言う通り」

「それで――いつなんですか？　先輩」

工藤の言葉に夏木が相槌を打つと、今度は綾瀬に問いかけられ、大樹は肩を竦めた。

「明後日の水曜だ」

その回答に後輩三人が揃って、目を丸くする。

「明後日っすか!?」

「二日後って……展開早っ」

「二日後かあ……」

「そういうことだ。当日は服装を整えて――普段からスーツだし、問題ないか。気持ち整えて来るようにな」

「は、はい……」

呆然とした返事がそれぞれの口から出たところで、四人が注文したメニューが届き、各自の前に定食が並べられる。

「平日の昼にこうやってしっかりした定食を食うのはけっこう久しぶりかもしれんな――さあ、食うぞ。いただきます」

「いただきます」

そうやって四人が手を合わせたところで、工藤が小鉢の煮物をつまみながら思い出したように聞いた。

「――いや、てか、先輩？　俺達は一体どこを受けるんっすか？」

「あ、それそれ」

「そうね。肝心なのはそこよね」

三人に見つめられ、大樹は煮物を噛みながら少し考えた。

「……そうだな、当日までのお楽しみということにしようか」

悪戯っぽく笑って告げると、三人は不満を見せた。

「ええ――!?　ちょ、それは無しっすよ」

「いや、先輩、面接なんですから、いくらなんでもそれは……」

「そうですよ、先輩。どういったことをPRするか考える意味でも教えてもらわないと……」

三人の言うことはもっとも過ぎるものだ。

大樹にもそれはわかっている。

なのにどうして詳細を伏せたかというと、内定はもう決まっているのだ、折角だから当日に知った上で、それぞれのアドリブ力を磨く一環にするのも悪くないと思ったのだ。実態を知っている大樹からしたら後輩達にいらぬプレッシャーを与えることになるだろうが、最後には喜びが待っているのだ。ここは大樹からの最後の試練として頑張ってもらいたいところである……などと色々理由を挙げることも出来るが、一番は驚かせて楽しみたいという大樹の悪戯心である。

「お前達の懸念ももっともだが、ここは当日に知った上で頑張って対応してみろ。良い経験じゃないか」

「いや、そんな先輩、無茶苦茶な……」

「あー、先輩の悪い癖が出た……」

「本当に。なんでこんなところでそんなの出すの……」

頭が痛いと言わんばかりにげんなりとする後輩達を見て、大樹はニヤニヤとする。

「はっは、まあ、なんとかしてみせろ。それに、経験の少ないお前達が出来る自己PRなど限られているだろう。そういう意味では受ける企業がどこであろうと変わらんではないか」

「……それは確かにそうかもしれないっすけど……」

「ねえ？　その企業に沿ってのPRとかも必要なんじゃ……？」

「そうですよ先輩、やはり受ける企業がどういうところか知ってる必要はあるんじゃないかと……」

後輩達の意見に大樹は「ふむ……」と考える。

「俺としては、その辺は必要無い気もするがな……」

普段はポンコツとしか見えない玲華であるが、社長モードに入った時はそうは見えないほどキリっとしていて鋭い。

特に、あの目だ。

真面目な話をしている時、大樹は自分の心の奥底を覗かれたような、考えを見透かされるような、そんな感覚を味合わされたのだ。

そこそこに親しくなり、今更人柄を計る必要のない大樹相手でさえ、そう思わされたという
ことは、あれは玲華が仕事をしている時に自然と出てしまうものなのだろう。

そんな鋭い観察眼を持つ玲華を相手に、下手な世辞やおためごかしは通じないだろう。

それを考えれば、前情報無しに面接を受けるのは、ある意味正しいのかもしれない。その方
が後輩達の熱意や、やる気も伝わるのではないか。

「……いや、そうなんだろうな。きっと、そうだろう。やはり知らなくていい。だから、自分
の出来ることなどをしっかり話せるようにしておけばいい」

実感がこもったようなその物言いに、後輩三人は顔を見合わせた。

「えーっと、先輩？　だとしても、志望動機なんか聞かれたら……？」

代表するように聞いてきた綾瀬へ、大樹は率直に言った。

「それこそ、深く考えずその時に思ったことを言えばいい」

何せ、彼らの大本命なのだから。

「いや、そうは言ってもっすね……」

納得しかねる工藤に、夏木が「ねえ？」と相槌を打っている。

「……別にそれほど難しいことでもないと思うがな？　極端な話になるが、今いるところと比
べたら、どこでも行きたくなるだろう？」

「ほ、本当に極端っすね……」

「いや、ある意味合ってる気もするけど……でも、そうでないところもあるよね、恵？」

「そうね。ある意味ではそうでないと言えるとこもあるわよね」

そう言って夏木と綾瀬から意味ありげに目を向けられ、大樹は首を傾げた。

「ははっ……あ、そうだ、先輩。愚問なのはわかってるんっすけど、一応聞いておきます。そこって、ブラックじゃないんですよね？」

同期二人を横目に苦笑していた工藤が、一応と口にしながらも真剣な目で尋ねてきて、大樹は力強く頷き返す。

「そこは間違いない。心配するな」

すると夏木と綾瀬も真剣な顔をして身を乗り出してきた。

「先輩のこと信頼してますけど、間違いないんですよね？」

「何か根拠はあるんですか？　いえ、あるんですよね？」

大樹の言うことを疑っている訳では無いのだろうが、もっと確たるものを聞きたいといったところだろうか。

「そうさな――」

企業名を言えば、その辺りのことは気にしないと思うだろうが、それを言ったら台無しである。なので玲華から聞いた話で何かなかったかと考えた。

「ああ、そうだ。根拠になる一つとして、その会社の社長が愚痴っていたことなんだが」

三人揃って身を乗り出して耳を傾ける中、大樹は苦笑気味に言った。

「仕事がたまっている訳でもないのに、進んで残業してまで次は何をするかと仕事をしたがる社員に、どうやったら残業をやめさせられるか悩んでいるのを見たことがあったな」

　確か玲華は企画開発部の社員だと言っていたか。

　その話を聞いた三人は、揃ってあんぐりとした。

「……なんてとこっすか。残業してるのは同じでも、うちとはある意味正反対じゃないっすか」

「……すごい。残業を自ら進んでしたがるなんて……」

「……うちは仕方なくやって、やらされてるというのに……」

　言いながらどんよりし始める三人に、大樹は苦笑する。

「……まあ、そうだな。うちとは正反対なとこだ。安心したか？」

　そう問いかけると、三人は顔を上げる。

「はい、安心したっす……」

「はい。超ホワイトなんだなってわかりました」

「働きがいがあるということもわかりました……」

　口々に頷く三人に大樹も頷き返すと、綾瀬がふとしたように聞いてきた。

「あの……そう言えば先輩は？　私達に紹介してくれるのは嬉しいのですが、先輩の転職はどうされるんですか……？」

　期待の熱も混じったようなその問いに、大樹はそういえば言ってなかったなと答えた。

「俺はもうそこから内定をもらっている」

すると後輩三人は、先ほど以上に驚いた顔であんぐりとした。

「えええええ⁉ マジっすか⁉」

「ええ⁉ 本当ですか、先輩⁉」

「なんでもっと早く言ってくれなかったんですか、先輩‼」

立ち上がって詰め寄るように言われて、大樹は目を白黒とさせながら謝った。

「あ、ああ、すまんな。そうだな、先に言っておいた方がよかったか」

「あ、いえ。別に責めてる訳ではないので……」

小さく頭を下げる綾瀬に、大樹は安堵の息を吐いた。

「えっと、じゃあ、先輩？ つまり、俺達は先輩が内定をもらったところを――？」

「それも超ホワイトな企業を――？」

「更にはやりがいもあるところで先輩と――？」

何故か口々に最後を濁すような言い方をする三人に大樹は頷いた。

「ああ。先方としては面接の結果次第では、お前達三人共受け入れてくれるそうだ――だから、結果次第では、また一緒の会社で働けるな」

発奮させるつもりで大樹が口にしたその言葉は、果たして想定以上の結果を三人へもたらした。

「夏木、綾瀬……」

「うん、工藤くん、恵……」

「わかってる、穂香、工藤くん……」

後輩三人は、かつて見たことないほどにギラつかせた目で互いを見やり、言葉少なにして頷き合った。

「絶対に三人揃って受かるわよ――！」

決意表明するように綾瀬が口火を切ると、工藤と夏木は強く頷き返した。

「おう！」

「ええ！」

内から溢れる熱を押しとどめるように興奮した表情を湛える三人に、大樹は苦笑を浮かべる。

（気合は十分みたいだな……）

予想以上の発奮になったようだ。後は入れ込み過ぎないよう注意すればいいだろう。

「ふーっ……ああ、そういうことなら、いっそう企業名聞いて対策を練りたいとこだれど……」

自らを落ち着かせるように深く一息吐いた綾瀬から期待するような目を向けられたが、大樹は首を振る。

「そこはやはり聞かずに受ける方がいいと俺は判断したのでな」

「そうですか……でも、明後日なんですよね……」

「ああ、明後日だな」

「はい……あ、何時からなんですか、面接は？」

「十九時だ。だから明後日は定時になったら上がるぞ」

大樹がそう言うと、三人は変なことを聞いたかのように揃って首を傾げた。

「定時……――？」

「――って、何時だっけ……？」

「確か……十九時……？　あれ、違うような……それにこの時間じゃ、間に合わないじゃない」

どうやら残業が当たり前の日々を過ごしている内に、後輩達は定時を忘れてしまったようだ。

大樹は呆れの色を隠せなかった。

「綾瀬まで……まったくお前ら、いいか、うちの定時はな――」

そこで大樹は思わず詰まってしまった。

（……そういえば、何時だった……？）

悩み始めた大樹に、後輩達のジト目が集中する。

「……先輩、社に戻ったらうちの定時調べましょう……」

疲れたような声を出す綾瀬に、大樹は頷くことしか出来なかった。

# 第十一話　明るい空

「おはようございます、社長」

「はい、おはよー」

「お、おはようございます、社長」

「あ、おはようございます、社長！」

「はーい、おはよー！」

誰がどう見てもわかるほどに上機嫌な顔と声で玲華が挨拶を返している。

そんな中で、またすれ違う男性社員が挨拶をするためか、フラフラーっと玲華の前に立った。

「しゃ、社長‼」

「あ、はい、おはよー」

どこか興奮したような様子が見受けられる男性社員へ、玲華が反射的に挨拶を返すと――

「け、結婚してくださっ――⁉　あ、違った――お、おはようございます‼」

その言い間違いに玲華は頬が引き攣るのを止められず、されど笑顔を維持しつつ、聞かなかったことにした。

「は、はい、おはよー……」

何事もなかったように男性社員の脇を通り過ぎる。

そうして玲華が角を曲がった途端、先ほどやらかした男性社員へ同僚が集まる。

「玉木……お前までやらかすとは」

「おはようの挨拶とプロポーズ間違えるって、どういうことだよ」

「やめてくれ！　気づいたら口走ってたんだよ――⁉」

「お前、昨日やらかしたやつ見て笑ってたってのに……」

「見事なブーメランだったな」

「あああ――⁉」

「……まあ、やらかしてしまう気持ちもわからんでもないけどな」

「だ、だよな⁉」

「まあな……今週入って何人目だ？」

「……俺の知ってる限りじゃ、このアホ含めて四人……？」

「いや、俺は昨日時点で四人って聞いたぞ」

「じゃあ、このアホで五人目か」

「……アホアホ言わないでくれ……」

「馬鹿野郎、場合によっちゃセクハラに取られかねないアレを黙ってやり過ごしてくれる社長に感謝しろ、このアホ」

「うう……」

「……しかし、最近の社長は浮き沈み激しかったけど、今週入ってからは飛びきりだな」

「なあ、ちょっと、アレだわ――」

「ああ、その上、何だ――フェロモンみたいなのがダダ漏れだな」

「可愛い過ぎる」

「おかげで、アホが量産されてるな」

「あと、何かな、今までに無い感じの色気っつーか、艶って言うか、な……」

「なあ？　ヤバいな、あれは」

「もはや歩くテロみたいなもんだな」

「言い得て妙だな」

「……週末によほどいいことあったんだろうな……」

「はあ……俺達の社長も遂に結婚してしまうのかな……」

「言うなや……」

「……すまん」

「はあ……」

　このように、ガックリと肩を落とす男性社員達の光景が、今週に入ってからアチコチで見られるようになった玲華の会社である。

◇◆◇◆◇◆◇

「……またですか」

呆れを隠そうともしない麻里に、玲華は乾いた笑みで返した。

「あ、あはは……」

「昨日も言ったじゃないですか、浮かれるのもほどほどにしてくださいと」

「ご、ごめん……」

項垂れる玲華に、麻里はため息を吐く。

「まったく……いいですか、大樹くんとの同棲――いえ、同居が決まったのが嬉しいからって、そう無差別に愛想を振り撒くと、社員達が戸惑うと――」

朝も早くから麻里の説教が玲華へ向かう。

「――大体、何ですか。抱き着いてから挑発の意味も込めて大樹くんにキスするのはいいですが、そこでどうして頬なんですか。社長は自分がおいくつかわかってますか⁉　どうして唇へブチュッといかないんですか！　まったく嘆かわしい……」

説教の内容がいつのまにか会社と関係ない方に向かっていたが、それを突っ込む者はここにはいない。

「ほ、ほっぺでも大樹くん、すごく動揺してたし……」

「それもどうなんでしょうね。もしかしたら、何故、口でなくほっぺなのかと呆れてただけかもしれませんよ」

「⁉」

「社長、ご自分の年齢をお忘れでありませんか？　もうずっと前からアラサーですよ、アラサー！」

「わ、わかってるわよ！　って、麻里ちゃんもアラサーじゃない‼」

「今、私の話をしてるんじゃないんです。今はいい歳したアラサーがどうして唇でなくて、ホッペにチューなんて、中学生みたいな真似をしたのかという点について話しているんです」

「う、うう……わ、私なりに頑張ったのに……」

ベソをかきそうな玲華を見て、麻里は仕方なさそうに息を吐いた。

「……まあ、そこは先輩にしては頑張ったと認めないこともありません」

玲華の顔がパアッと輝く。

「そうよね⁉」

「ええ。ポンコツの先輩にしては、ですが」

「ぽ、ポンコツ言うな！」

「それよりも、大樹くんもよく同居に同意されましたね」

「む、無視するな――！」

「もしかしたらとは思ってましたが、決め手がジムというのがまた……」

「ぐぬぬ……はあ、そこはジムだけでなく、サウナにもかなり心惹かれてたようにも見えたけどね」

諦めのため息を吐いて、玲華は抗議するのをやめて補足する。

「なるほど、サウナの流行はかなりのものですしね」

「『サウナー』『整う』……これらが広まってから層注目浴びるようになったものね……うちでも何かサウナ関連の製品とか考えてみる？」

「……今から参入するには遅いような気もしますが、一考の価値はあるかもしれませんね」

「ね。というより、流行以前から好きな人は好きだし、流行が廃れても需要はあるはずよ」

「確かに」

いきなり話の内容が仕事に転じるのもこの二人ではよくあることだ。

それからサウナ関連の話を少し煮詰め、一段落したところで麻里が思い出したように言った。

「サウナに関してはこれで企画開発部に投げるとして——大樹くんの後輩達の面接は今日でしたよね」

「ええ、そうね。時間は十九時——その時は対応お願いね？」

「かしこまりました」

スッと一礼する麻里。

結果が既に決まっている形だけの面接である。

わざわざ玲華と大樹の関係性を悟らせるリスクを増やす必要も無いということもあって、面接をするのは玲華だけである。

なので大樹達が到着した際の受付、案内を担当するのは当然のように麻里で、彼女にはもう一つ仕事がある。

「面接中は大樹くんの相手お願いね。雇用条件とか、会社説明もよろしく」

「承知しています」

玲華が口にした通りに、後輩達が面接をしている間、雇用条件について大樹と詳細を詰めるのが麻里の仕事である。ここに玲華が関わると、無意識に甘い判断をしてしまいかねないということで、麻里に一任している。

麻里なら大樹に対しても妥当な評価をすると玲華は信じて疑っていない。

「と言っても、話自体はすぐ終わると思います。少なくとも、そちらの面接よりかは……終わったら、適当なとこで待機してもらう形でいいですか？」

「んー、そうね。恐らく、後輩達と一緒に帰るだろうし……それで、お願い」

「かしこまりました」

その時頭を下げた麻里の口端が僅かに吊り上っていたことに、玲華は気づかなかった。

◇◆◇◆◇◆◇

定時になった途端、大樹達は一斉に席を立った。

その際に立った音で周囲が訝しげに顔を上げる。そして怪訝に眉を寄せる。

何故ならば、大樹達が鞄を手に持っていて、まるでこんな時間に帰るように見えたからだ。

そうしている内に、大樹達は一言も発さずに扉まで歩みを進めると、そこで堂々と言ったのである。

「お先に失礼します」

「お疲れ様っしたー」

「お疲れ様ですー」

「お先に失礼します、お疲れ様です」

まさか、そんなと課長の五味含めて他の社員が呆気にとられる中、大樹達は退社してしまったのである。

それから次第に「ああ、そういや定時か」と我に返る社員がチラホラ出て、「俺達も今日は上がるかー?」なんて声も出始める。

そんな中で、こういう時に一番うるさそうな課長の五味に注目が集まり始めるが、彼はいつまで経っても呆けていたままであった。

社のある、築うん十年のビルから出た大樹は、盛大な違和感を覚えた。

それが何なのかとふと空を見た時に、思い至った。

「……陽がまだ落ちてないのか……」

冬も目前で秋も深まった今日この頃であるが、この時間はまだ暗くないのだ。

会社がブラック化して遅い時間までの残業が当たり前になってから、大樹が退社して外に出ると、陽が沈んで空が暗くなっているのが当たり前であった。

なので、外に出てまだ陽が沈んでいないことに大樹は驚きを覚えずにはいられなかったのだ。

「……明るいっすね……」

「……明るいわね……」

「……暗くないことに違和感を覚えるなんて……」

見れば、後輩達も揃って空を見上げて口を半開きにして呆けていた。

大樹も後輩もこの時間に外に出たことが無いなんてことは無い。夜食や、小腹を満たすためにコンビニなどが目的でこの時間に外に出ることはよくある。

だが、帰り支度をした状態で、この時間に外に出たのはもう暫く無かったために、違和感を覚えてしまうのだ。

「……さあ、いつまでもこんなところに突っ立ってないで、行くぞ」

「あ、そ、そっすね……」

ビルの入り口で我に返って恥ずかしそうにする後輩達と共に大樹は駅へ向かい始める。

「……この駅までの道って、けっこう人多かったんだね」

歩き始めて数分した頃に、夏木がポツリと言うと、工藤、綾瀬と一緒に大樹も思わず頷いて同意してしまった。

いつもの帰る時間だと、この通りを進む人の数はもっと少ないからだ。

朝の通勤時間帯にも人は多いが、見慣れているからか実感しない。対して帰り道ではいつも遅い時間のために、人が少ないのが当たり前で、今は違う光景が広がっていることが大樹達の認識を攻めてくるのだ。

「……ブラックで働いていると、知らない内に何だろ……常識って言うか……色んな認識が狂わされるんですね」

続いて夏木の放った言葉に、大樹達は先ほど以上に重々しく頷き、ため息を吐いたのだった。

「次で降りるぞ」

電車のアナウンスを耳にしてから大樹が呼びかけると、後輩達は色めき立った。

「マジっすか、先輩⁉」

「本当にここで降りるんですか⁉　今正に恵とこんなところで働きたいなって話してたところなんですよ⁉」

「本当ですよ！　ここって都内のオフィス魅力度ランキングでいつも上位にくるところなんですよ⁉」

興奮を隠せない後輩達に、大樹は苦笑しながら頷いた。

「ここで間違いないから落ち着け」

そう言ってわっとなる後輩達に、大樹は苦笑を深めた。

「……しかし、ここで降りるからと言って、さっき見かけたような綺麗なオフィス街に向かうとは限らんぞ？　人の少ない路地裏に回る可能性だってまだあるんだぞ……？」

悪戯心が湧いた大樹がニヤッとしながら言うと、後輩達の顔が面白いほどに固まる。

「う、確かに……」

「いや、でもこの先輩のおちょくり顔を見るに……」

「そ、そうよ。そ、そうじゃない可能性の方が高いわ……！」

大樹の言葉を真に受ける工藤に対し、願うように否定する夏木と綾瀬に、大樹は肩を竦めるだけでそれ以上は何も言わなかった。

「うう……お、お願い……！」

諦めきれないと夏木と綾瀬が手を組んで祈り始めたのを見て、再び苦笑を浮かべずにはいられない大樹であった。


話していたオフィス街に入ってから、キャッキャと嬉しそうにしている綾瀬と夏木を背に連れてそのビルの前に立った時、大樹は思わず玲華の名刺をコッソリ取り出して、もう一度住所に記載されているビル名を確認してしまった。

（……わかってはいたんだが、すげえな……）

最近建てられたばかりのそのビルを呆然と見上げてしまっていた大樹である。

そうしている大樹を見て後輩達も察したようで、「マジで？」という顔で見上げている。

「えーっと、マジっすか、ここなんすか、先輩……？」

工藤が恐る恐る尋ねてきて、大樹は言葉少なく頷いて「身だしなみを整えておけ」と付け足した。

すると後輩達は言われた通りに身だしなみを整えながら、感嘆したような声で「はあ……」

と漏らして、再度ビルを見上げる。

「……え？　あれ？　もしかして、ここって……」

綾瀬が呟いている。恐らく『SMARK'S SKRIMS』がここにあることを思い出したのだろう。

折角の驚きをこんなところで台無しにしたくない大樹は足早に呼びかけた。

「さあ、行くぞ」

「は、はい……」

高層用のエレベーターホールを見つけ、エレベーターに乗り込んでから、行き先の階を大樹が押したところで、綾瀬が目を見開き慄いた。

「う、嘘……!?」

流石というべきか、どうやら綾瀬はわかったらしい。

「え、何、恵？」

「ん？　綾瀬、行き先わかったのか？」

夏木と工藤の言葉に返さず、綾瀬が大樹へ振り返って喘ぐように言った。

「ほ、本当にここなんですか、先輩!?　私達はここを受けるんですか——!?」

「え、恵もうわかったの？　てか、階数わかったからって、どこ入ってるかわかるもんなの？」

「そうっすね。ワンフロアに複数の企業入ってるのが殆どだし」

そんなことを言う同期をマジマジと見つめて綾瀬は信じられないように言った。

「何言ってるの……？　今先輩が押した階は、一つの企業がその階含めて四フロアにわたってまとめて借りてるのよ……!?」

「え……」

何その剛毅な企業はと固まる夏木と工藤。

そんな二人と同調したかのようにエレベーターも止まる。

「降りるぞ」

大樹がそう言うと同時にエレベーターが開かれ、その正面の壁に立てかけられた、玲華の名刺にも記載されている『SMARK'S SKRIMS』の社名ロゴが見えたのであった。

◇◆◇◆◇◆◇

「ほら、降りるぞ」

ロゴを目にして呆然としている工藤と夏木の背を大樹はそっと押した。

「う、うっす……」

「は、はい……」

二人は鈍く足を動かして、エレベーターから降りる。

そして信じられない様子でロゴを見上げていた綾瀬が、ゆっくり大樹へ振り返った。

「先輩……受けるとこは『ここ』で間違いないんでしょうか？　間違ってこの階に来た――って訳でもなく？」

真剣な面持ちで瞳を揺らしながら問いかけてくる綾瀬に大樹は短く頷いた。

「ああ、ここで間違いない」

その声を聞いて工藤と夏木がゆっくり目を見開き、そして綾瀬と三人で顔を見合わせた。

今でも信じられないようで、碌に言葉が出てこないようだ。

そこで『SMARK'S SKRIMS』の社員だろう人が通りがかったのを目にして、大樹はエレベーターホールの隅っこへと三人を誘導し言った。

「お前達三人の本命はここ――『SMARK'S SKRIMS』で間違いないんだな？」

それを聞いてハッとしてコクコクと頷く三人に、大樹はニッと笑った。

「ならば、これからの面接で気張らんとな」

実際的には面通しみたいなものだが、それを知るのはここでは大樹だけである。

驚き唖然とする三人の反応に気を良くした大樹がクッと低く笑うと、あんぐりと口を開けていた工藤がポツリと漏らした。

「面――……」

「――接……？」

「『SMARK'S SKRIMS』で……？」

続く言葉を夏木と綾瀬が引き取ると、三人は再び顔を見合わせ、そして叫んだ。

「えええええ――!?」

正に青天の霹靂を顔中で表現する三人に、ついに大樹は堪え切れずに噴き出した。

「はっはっは――やはり驚いたようだな」

からからと笑う大樹に、驚き過ぎたせいか悄然としていた綾瀬が食ってかかるように詰問する。

「ほ、本当に本当なんですか!?　私達を驚かせるために、ここへ連れてきたとかじゃないんですよね!?」

「先輩のいつものお茶目じゃないんですね!?」

「ここでドッキリでしたー、は流石に先輩でもタチが悪いっすよ!?」

続いて詰め寄る夏木と工藤に、大樹は僅かに顔を顰めた。

「いつものとは何だ……俺がいつそんなことをした？」

実態的には面接自体がドッキリみたいなものであることを、大樹は意識の隅に追いやった。

「そんなの自分の胸に聞いてくださいよ!?　それで本当に私達は今日、『SMARK'S SKRIMS』の面接を受けるんですか!?」

胸倉を掴んでガクガクと揺さぶる綾瀬に、大樹は苦笑を浮かべた。

「冗談でもなく、本当だ――だから、綾瀬、少し落ち着け」

「ほ、本当に……？　って、これが落ち着いていれますか!?　何でもっと早く言ってくれなかったんですか――!?」

後輩達の立場からしたらもっともな言い分に、大樹は少しの間されるがままにしていた。

「……ま、まあ、落ち着け。事前にここを受けると聞いていたら、お前達、今日まで平静を保てたか？　昨日、今日と落ち着いて仕事が出来たか？　面接のことをアレコレ考えて、入れ込み過ぎたりしない自信あったか？」

用意していた言い訳を告げると、ピタッと止まる三人。

「それを言われると……」

「ちょっと……」

「自信ないっす……」

手が離れてホッと安堵の息を吐き、大樹は身だしなみを整える。

「そうだろう？　ならば、ここで知って良かったのではないか？」

キリッとした顔をする大樹を前に、納得しかねるといったような顔をする後輩の三人。

「……なんか、もっともらしいことを言って煙に巻こうとしてません？」

「私も思った。この真面目な顔は冗談言ってる時の方のやつだよ」

「さっき驚いてる俺達見て笑ってたっすよね、先輩……」

「……なんのことだ？」

疑念のこもったいかにもなジト目を向けられて、大樹は目をパチクリとさせた。

「あああ、もう――‼」

「やっぱり――‼」

「ここで、そんな悪戯心出さなくていいんっすよ‼」

憤慨する三人に、大樹は流石に誤魔化しきれなかったかと苦笑を浮かべた。

「ま、まあ、何だ、さっき言ったことが的外れでないのなら、そう責められる謂れは無いはずだぞ?」

「……語るに落ちるとはこのことですね、先輩」

尚もジト目を向けてくる綾瀬に、大樹は「ふむ」と顎を摩る。

「そうだな、認めよう……お前達を驚かせて楽しみたかったと――!」

堂々とする大樹に、後輩達は口元を引き攣らせた。

「ひ、開き直りましたね……!?」

「うむ。だがな、さっき言ったことは事実であったようだし、他にも理由があって黙っていたのでな、その上でお前達が驚くのを楽しみにしていて――何が悪い?」

無駄に堂々とした大樹の言葉に、後輩達は唸った。

「う、うう……」

「そう言われると……」

「こういう時の先輩には本当敵わないっす……」

それから後輩達は諦めたようにため息を吐いて、肩を落とした。

「……これから面接なのは本当の本当なんですよね……?」

確認するように尋ねる綾瀬に、大樹は頷いた。

「ああ、本当だ。これからの面接次第で、お前達がここに入社出来るかがかかっている」

大樹が敢えてプレッシャーをかける言葉を告げると、後輩達は顔を引き締めた。

「信じられない……」

「いきなり面接なんて……」

「面接前に弾かれるとばかり思ってたっすからね……」

そこで綾瀬が「ん？」と何かに気づいたような声を上げた。

「あれ？　先輩が内定もらってるとこって……」

それを聞いてハッとする夏木と工藤の視線を受けながら、大樹は徐に頷いた。

「おう、ここだ」

大樹の内定先がここでハッキリした三人はポカンとした。

「す、すごい、いつのまに……おめでとうございます‼」

「ほ、本当に……！　ここなら絶対に正当な評価をしてくれますよ、先輩！　おめでとうございます‼」

「おお、本当にいつのまに‼　すげえっす、先輩！　おめでとうございます‼」

「……ああ、ありがとう」

苦笑と共に礼を返す大樹に、後輩達は我が事のように喜んでいる。

（本当に……後輩にだけは恵まれたな……）

思わずしみじみとしてしまった大樹は、それを隠すように後輩達へ声をかけた。

「さあ、これから面接が控えてるんだ。今の内に手洗いに行っておくか？」

本当ならば、このフロアに来る前に済ませておくことであるが、時間故か利用者も少なそうだったので、目を瞑ることにした。

すぐそばに見えるトイレへ目をやると、後輩達は揃って頷いた。


大樹も含めて用をすませると、時刻は十分前とちょうどいい時間になっていた。

「予想してたけど、トイレすっごく綺麗だったね。多分だけど、色々と最新式」

「本当に。音楽とか流れたりするし……うちとは偉い違いよね」

「あー、なるほど。個室覗いておけばよかったす」

夏木、綾瀬、工藤が口々に言うのを聞いて、大樹も一言添えた。

「入社すればいつでも利用出来るんだから、その時に確認したらいい」

すると揃って苦笑を浮かべる後輩の三人。

「そうね。入社したらここが当たり前になるのよね」

「トイレ綺麗なのもポイント高いよね、やっぱり」

「そうっすね。入ってから見たらいいんすね」

どうやらある程度落ち着きつつ、気合いもいい具合に入ったらしい三人へ、大樹は目を向けた。

「では、受付するぞ――いいな？」

扉脇にある受話器へ手を伸ばす大樹に、三人は静かに頷いた。

大樹も頷き返してから、受話器を取り耳に当てる。

『はい』

綺麗な女性の声であった。

「本日、如月様と面接の約束をさせていただきました。柳と申します」

この時、綾瀬だけがギョッとしていた。

『柳様ですね。承っております、参りますので少々お待ちください』

通話が切れたのを確認してから大樹が受話器を置くと、綾瀬が喘ぐように声を出した。

「せ、先輩、私達を面接するのって……？」

そんな綾瀬に、夏木と工藤は首を傾げている。どうやら綾瀬だけが社長の名前を把握していたらしい。

いきなり社長と面接となると、そうなるのも無理はないかと大樹は苦笑した。

「心配しなくていい。良い人なのは間違いないから」

「や、やっぱり……！」

顔色を変える綾瀬の肩を、大樹はポンポンと叩いた。

「大丈夫だ。肩肘張らず、出来ること、思ったこと、思っていることを話せばいいんだ。それだけだ。出来ないことは何一つしなくていいし、言わなくていいんだからな」

「……出来ないことは何一つしなくて……そう、そうですね」

「ああ、何も無理をする必要はないし、求められることもない。今お前の中にあるものを話す、それだけだ——簡単だろう？」

そう言うと、落ち着けたのか綾瀬は目を閉じ、胸に手を当てて深く息を吸った。

「——はい、大丈夫です。面接の相手が誰であろうと、関係ないし無理をする必要もない。そういうことですね？」

「その通りだ」

頷いてから大樹は綾瀬の耳に口を寄せて、そっと囁くように言った。

「お前が落ち着いていれば夏木と工藤も安心して臨めるだろう——頼んだぞ、俺の副官」

ある意味これもプレッシャーを与えることになるだろうが、普段のサブリーダーの意識を起こしてやれば、責任感も強い彼女のベストを出せると思っての大樹の言葉である。

効果は覿面で、ハッとした綾瀬は紅潮した顔を上げ、じんわりと微笑んだ。

「はい！　お任せください——！」

大樹はもう一度、綾瀬の肩をポンと叩いて片頬を吊り上げた。

「ああ、任せたぞ」

「はい——！」

もう緊張はどこへやらな綾瀬に頷き返すと、そこで扉が開かれた。

現れた女性を見て、四人は揃って目を瞠った。

怜悧な印象があるが、非常に整った美貌や気品を感じさせる所作等に驚いたのだ。

「お待たせしました。案内します、こちらへどうぞ」

開いた扉へ手を向けられて、大樹達は会釈をして中へと足を踏み入れた。

そうしてから女性が先頭に立って四人が歩いていると、夏木が小さな声で大樹達にだけ聞こえるように囁いた。

「すっごい美人……」

短く、だが力強く三人は頷いて同意を示した。

「それに、チラホラ見える範囲だけでもお洒落で綺麗ね……」

周りを見渡しての綾瀬の言葉に、先ほどと同じように三人が頷く。

「ん……？　うぇ⁉」

キョロキョロと周りを見ていた工藤が突然変な声を出した。

「どうしたのよ……？」

夏木が聞くと、工藤が信じられないといった様子で三人へ言った。

「さっき、自販機があったんすけど……信じられないことに飲み物が一律四十円で売ってたっす……」

それを聞いて、ギョッとする三人。

「嘘お⁉」

「いや、本当っす……缶コーヒーもジュースも四十円だったっす……」

「……八十円とかならまだ他の会社で見たことがあるが……」

「……うちの会社は下にでも降りないと自販機無かったよね……」

色々とこの時点で既に格差を感じさせられ慄く大樹達一行である。

そこで先頭からクスッとしたものが漏れ聞こえてきた。

「我が社には、各階にコーヒー、水、お茶、紅茶の無料のサーバーが置いてありますので、その自販機の利用者もそう多い訳ではありませんよ」

聞こえていたようで、案内中の女性が振り返りもせずに告げてきて、大樹達は僅かに赤面しながら視線を落とした。

それから間も無くして、とある一室の前で女性は立ち止まり振り返った。

「――それでは、柳様以外の面接を受けられる綾瀬様、工藤様、夏木様はこちらへ入って、腰かけて少々お待ちくださいませ」

「は、はい」

既に自分達の名前を把握している様子の女性に、後輩達が目を白黒させながら返事をする。

そして部屋の中へ入っていく後輩達を、大樹は応援の意味を込めて一人一人と目を合わせて見送る。

それぞれ力強く頷き返してきた後輩達を見届けた大樹は、女性と向かい合った。

「それでは、柳様はこちらへどうぞ」

「はい」

後輩達が面接の間は、入社に際しての話を聞いていてくれと玲華から指示されている。

この女性から話を聞くのだろうかなどと考えていると、女性はすぐ隣の部屋の扉を開いて、大樹に入室を促した。

「柳様はこちらへ入って、座ってお待ちいただけるでしょうか」

「わかりました」

「お飲み物をお持ちしますが、コーヒーかお茶か、どちらがよろしいでしょうか」

「あ、では——コーヒーをお願いします」

「かしこまりました。では、どうぞ中へ」

「はい——失礼します」

会釈して入ると、中は十人ほどで会議が出来そうな部屋で、机と椅子が並んでおり、大樹は扉側にある下座の中間にある椅子を引いて腰を落とした。

それから五分ほど待った頃だろうか、ノックの音がしてから先ほどの女性がカップを載せた盆を片手に入ってきた。

「お待たせしました——どうぞ」

「ありがとうございます。いただきます」

大樹の前にカップを一つ置いた女性は、もう一つのカップを大樹の対面の位置に置いてからそのままそこに腰かけた。

「では、着座のままで失礼ですが、改めまして——社長秘書筆頭を務めております、四楓院麻里（しほういんまり）と申します」

机の上にスッと名刺を差し出させれて、大樹も反射的に名刺ケースに手を伸ばした。

「頂戴致します——森開発、システム課、柳大樹と申します」

「はい、頂戴致します」

——これが、公私にわたって玲華をおちょくる麻里と、プライベートの玲華をからかい倒す大樹、その二人が出逢ってしまった瞬間である。

◇◆◇◆◇◆◇

「コーヒーの方、どうぞ。遠慮なく飲んでください」

名刺交換を終えて、気のせいか先ほどより砕けた口調で麻里に促されて、大樹は「いただきます」と告げて、コーヒーに口をつけた。

（……美味い、な）

恐らくは先ほど言っていた無料サーバーから汲んだものとは違うのだろう。豊かな香り高さで、淹れたてと思われる。見事の一言に尽きる美味さだった。

思わず味わって堪能していた大樹に、麻里から声がかかった。

「……社長が淹れたものには劣りますか、やはり」

自身もカップに口をつけながらのその言葉に、大樹は目を瞬かせた。

「は？　いえ、そんなことは——あ、もしや……？」

それだけで大樹の言いたいことを察してくれた麻里が頷いた。

「ええ。社長と柳さんとの関係については聞き及んでいます。なので、ここでは気にされなくて結構ですよ――ああ、じきに同じ社で働くということですので、もう柳さんと呼ばせていただきますね」

「そうでしたか。ああ、はい、その方が私も落ち着けますので、どうぞ……」

口調から他人行儀さが少し抜けたのはそのためだったかと大樹は納得した。

（なるほど……四楓院麻里……麻里……そうか！）

たまに玲華が叫んでいた名前は目の前の女性のことだったのかと腑に落ちる。

玲華が色々話してたりしていたのだろう。だから大樹とのことも知っているのだ。

「……どうかされましたか？」

大樹の表情から何かを察した様子の麻里に尋ねられ、大樹は一瞬悩んだものの口にした。

「ああ、いえ……そういえば、あなたの名前を時折、れい――如月社長の口から聞いたことがあったなと思いまして」

「そうでしたか……例えば、どのような時だったか、聞いても？」

また悩んだ大樹であるが、直感的に是と判断して話すことにする。

「そうですね……一番最近で言えば、何かに悔しがって『おのれ、騙したなあ……！』と口にしてた時に一緒に出していたような」

それを聞いた麻里は、俯いて口に手を当てて僅かに肩を震わせた。だが、それも一瞬のことですぐに澄ました顔を上げ、やれやれと言いたげに首を横に振った。

「それに関しては社長の早合点だというのに……」

そう言いつつ、口端が僅かに吊り上っていたのを大樹は見逃さなかった。

「なるほど……それは本当に早合点だったのでしょうか……？」

「――と言いますと……？」

「そう――誘導したとかは……？」

そう尋ねると、麻里はまっすぐ大樹と視線を合わせ――クッと口端を吊り上げるように微笑した。

「さて……私からは何とも……」

「……そうですか……」

大樹自身がそうだからか何となく察した。麻里はきっと玲華で遊んでいると。

「ああ、そうそう。私の前では社長のことを無理して社長と呼ばず、いつも通りの呼び方をしてくださって構いませんよ。他の社員がいる前では、まだダメですが……」

大樹の言い直しを聞き逃さなかったらしい麻里にそう言われて、大樹は苦笑した。

「わかりました――が、本人がいないのなら避けておきます。これからのためにも」

「……それもそうですね。では、本題に入りますが――」

そう切り出した麻里に、大樹は居住まいを正して話を聞いた。

内容としては、主に軽い会社説明から始まり、それが終わると就業規則の説明に移る。聞くと色々と今の会社との違いに気が遠くなりそうになった。そして雇用条件の話に入り、麻里から掲示された年収の数字を見たところで大樹は固まった。

「いかがでしょう――？」

相も変わらず淡々としている麻里に声をかけられて大樹はハッと我に返る。

「い、いえ、いかがも何も――今の会社の二倍以上あるんですが……？」

本当にこの数字なのかと大樹が確認するように言うと、麻里は顔を顰めて大きくため息を吐いた。

「それは今の会社が不当に低過ぎるんです。柳さんの経験、スキルを鑑みるに最低でもこれぐらいが妥当だと判断します」

「ええと……もしかして如月社長が――その……」

玲華が贔屓して引き上げたのだろうかと思いつつ口にしてしまったが、一方で流石にそれは無いかと思い直して口を濁した大樹に、麻里は首を横に振った。

「いいえ。柳さんの給与に関して社長は口を出しておりません。この額は私と人事部によって評価したものです」

「そ、そうですか……いや、でも一体、私の何を評価して……？」

考えてみれば大樹は自己PRを一切していないのに、何をどう評価したのかと疑問に思ったのだ。

「……ああ、そうでしたね……聞き及んでいませんか？　社長から柳さんの調査をしたと」

そう言われて大樹は思い出した。

「あ、あー……はい。確かにそう聞きました」

「ええ。不快な思いをされたかもしれませんね、ご容赦ください。ですが、柳さんも知ってるかと思いますが、社長はプライベートに関しては――」

「あ、その先は言わなくてもわかります」

「話が早くて助かります。ええ、社長の人を見る目に関しては公私にわたって発揮されるのですが、あの通り美しくお金も持っている女性です。我が社の代表取締役ということもあって、近寄ってくる男性は後を絶たず、注意せざるを得ません」

「……なるほど」

「はい。柳さんとは偶然の出会いのようでしたが、それが本当に偶然なのか、話を聞いただけの私には判断が尽きません。そういう訳もあって、柳さんのことを調べさせていただきました。そして、この調査に関して社長は一切関与していません。全て私の独断ですので、抱かれた不信感や怒りのほどは、どうか社長には向けないでいただけないでしょうか」

今日一番熱のこもった声を出してスッと頭を下げる麻里に、大樹は「いえ、気にしてませんので」と首を横に振る。

言われてみればもっともな話だと思えたからだ。

確かに玲華は女神の如く美しく可愛くスタイルもまた並外れている。だけでなく、お金持ちで社長である。様々な下心を持って言い寄ってくる男はいくらでもいるだろう。

「……ありがとうございます」

頭を上げた麻里に、大樹は思わず苦笑を浮かべた。

「いえ、聞けば聞くほど納得出来る話でした……そういえば、如月社長からは、そう突っ込んだ個人情報は収集していないと聞いていましたが、そこら辺は……？」

「その点に関しては社長の言った通りです。こちらで調べたのはあくまで仕事に関することですね……ですが、付き合いのある人からの柳さんへの仕事の評価が個人情報だとお考えなら、その限りでは無く、更に頭を下げなくてはなりませんが……」

「いえ、その必要はありません」

玲華からその辺は聞いているので問題は無い。

麻里は再び頭を下げることで謝意を示した。

「……それでいかがでしょう？　こちらの条件で」

雇用条件に話が戻って麻里に問われ、大樹は頭を下げた。

「これほどの評価をいただけて身に余る光栄です。是非、お願いします」

「納得いただけて何よりです――が、先ほども言いましたが、これは最低額です」

「――というと？」

「私の予想では半年後には昇給しているかと思います」

その言葉に大樹が目を瞬かせると、麻里は淡々と話し出す。

「調べた過程に於いて、柳さんの人望の高さを垣間見ました。更には我が社と有益な関係をもたらすかもしれない人脈と。先ほど掲示した年収は、柳さんの経験とスキルのみから算出したものです。なので、最低額と言いました」

そこで大樹をまっすぐ見据える麻里。

「……そう言われても俺には――いえ、私自身にそういった心当たりは……人脈もそう大層なものは無いと思うのですが……」

大樹は本気でそう思っていて堪らず首を傾げてしまうと、麻里はクスリと微笑んだ。

「俺で構いませんよ……柳さんはそう思ってるのかもしれませんが、こちらで調べてわかった範囲だけでも大したものでしたよ……？　ですが、先に挙げたことを我が社の利益のために駆使されるかは柳さん次第です。そこは無理にとは言いません。人との関わりのことですから」

「はあ……ええと、では失礼して――俺としてはここまで評価していただいた以上は、出来ることなら何でもやるつもりではありますが」

嘘では無い。玲華の下で働けるということだけで楽しみで仕方ないが、それ以上に役立ち、恩を返したいと思っているのだから。

「……期待しています」

世辞を思わせない真剣な目で告げられ、大樹は同じだけ真剣な顔をして頷いた。

「雇用条件に関しては以上と言ったところでしょうか……今までの話に関して何か質問はありますか？」

大樹は顎に手を当て、少し考えた。

「……俺が配属される部署は決まっているのでしょうか？」

「ああ、その話がまでしたか。それに関しては我が社の組織図とその概要が記載された書類をお渡ししますので、それを確認した上で一度希望を伺いたいと思っています」

「……な、なるほど」

会社側が決定するのでなく、希望を聞かれるとは思っていなかった大樹である。

「希望は聞きますが、それが絶対に通るとは限りませんことはご承知ください」

「それは当然のことかと」

「ご理解いただけて助かります――ああ、一言添えておくと、柳さんは企画開発事業部へは希望を出さない方がいいでしょう」

「企画開発事業部というと……確か残業をしたがる社員が多いという……？」

確か玲華が愚痴っていた部署のはずだ。

「聞き及んでましたか。そうです……が、それだけではありません」

「というと――？」

「あそこは、社長を女神と仰ぎ社長のためなら三徹も平気で行う狂信者の集まり――いえ、魔窟です」

「……」

大樹の頬が思いっきり引き攣った。

「この部署の社員は揃いも揃って優秀な方ばかりで、そして我が社に大いに貢献してるだけに……ブラックから脱出した柳さんが、あの部署へ行くと社長が心配されるでしょうから、お勧め出来ません」

「……き、肝に命じておきます」

それだけ返すのがやっとの大樹であった。

「結構――他に質問はありますか？」

「……今のところは。聞きたいことは概ね如月社長に聞いていましたので」

大樹がそう答えると、麻里は徐に頷いた。

「はい、また何か質問等出来ましたらいつでもお聞きください」

「わかりました」

「今日のところ、柳さんにお伝えしなくてはいけないことは以上になります」

大樹に見せるために広げていた書類をトントンとまとめる麻里に、大樹は体から力を抜く。

「そうですか、ありがとうございました」

頭を下げると、麻里は「いえ」と首を横に振り、コーヒーに口をつけた。

同じく大樹もコーヒーを飲んで一息吐いていると、ふと脳裏に過ぎる。

（……あいつらはちゃんとやれてるんだろうか……？）

後輩達の面接はまだもっとかかるだろう。三人いるのだから。

「……あちらの面接が気になりますか？」

見透かされたように声をかけられて、大樹は思わず苦笑を浮かべる。

「ええ、まあ、それは……大丈夫だとは思いますが」

そう言うと、麻里は頷いた。

「そうですね。社長は面接してる時に相手が緊張していると見れば、まずその緊張を溶かしてから話を聞く方です。圧迫面接なんて馬鹿げた真似はしないので、安心していいかと」

麻里の話しぶりから、玲華への敬意を大樹は感じ取って、内心で唸った。

麻里とは少ししか話していないが、それでもわかる。恐ろしく有能なのだろうと。そんな彼女が当たり前のように玲華を信頼している様子から、玲華の社長としての有能さも感じさせる。

「そう言えば……柳さんは、社長が仕事をしている姿は見たことが無いのですよね……？」

思い出したように問われて、大樹は頷いた。

「ええ。話している時に、そういった雰囲気が出たのを見かける時はたまにありますが、仕事をしている、という姿を見たことはありませんね」

「ですよね……つまりは、私生活のポンコツなところしか碌に見たことがない——と」

真面目な顔でそんなことを言うものだから、大樹は危うく噴き出しかけた。

「え、ええ、まあ、そうなりますね……」

そう返すと、麻里は思案げに「ふむ……」と漏らした。

「では、いい機会ですし、見て帰られますか？」

そんな提案をされて大樹は首を傾げた。

「……この面接の後に仕事があるんでしょうか？」

問うと、麻里は首を横に振った。

「いえ。今日の業務はこの面接で終了です。私も社長も」

「？　では、どういう……」

意図が掴みきれず、大樹が更に問うと、麻里は言ったのである。

「ちょうど隣の部屋で社長が仕事をされているのです。見て帰られては――？」

「それは……いくらなんでも不味いのでは？」

麻里の言葉はつまり玲華と後輩達の面接の場に入るということである。

「何がでしょう？　パートナーと契約する社員の面談をする場合、その場に社員を連れて来た営業が付き添っているのが殆どです。この場合、柳さんが営業の立場だと考えたら特に問題はないかと」

「それは……そうかもしれませんが、でも途中から物見遊山のように入るのもどうかと思いますが」

「そうですか？　後輩達のことは気になりませんか？　柳さんが見守っていたら心強く感じられるのではないでしょうか。まあ、さっきも言いましたが、社長のことですから、彼らをリラックスさせているとは思いますが」

「それは……気にならないといえば嘘になりますが」

正直、中に入って見届けたい気持ちは強い。だが――

「あと、俺が入ると――なんですか、如月社長の……」

どう言ったものかと悩んでいると、麻里がクッと口端を吊り上げた。

「ポンコツが後輩達に露見する――ですか？」

そのどストレートな言葉に、大樹は目を丸くした。

「え、ええ、まあ……知ってるのなら、どうして？」

「知ってるというより、そうなるだろうなという簡単な予想です。それに、この際ですから、それがどれだけ抑えられるのかのテストという意味でも相応しいと存じますので」

「……テスト、ですか？」

「ええ。柳さんと社長の関係に関して、柳さんが懸念した通りに社内では暫くの間は黙っていた方がいいでしょう。その方が余計な軋轢を招かないで済むでしょうし」

大樹が黙って頷くと、麻里は「ですが――」と続ける。

「だからと言って、それを社長が隠し通せるかは別問題です。仕事だけは完璧だった社長が柳さんと関係を持ってから、社内でもポンコツの雰囲気を漂わせるようになったんです」

「え」

「ああ、ご心配なく。仕事に関してはやはり完璧です。ただ、社内にいる時はキリッとしていた雰囲気がポワポワンとしたものが出るようになったりすることがあるだけです」

「……けっこうな大ごとのような……？」

「……男性社員を苦悩させていること以外は大したことはありませんでしたよ」

「あ、あー……」

大樹が思わず抱きしめてしまった玲華のあの雰囲気が、会社にいる時に少しでも漏れていたら、確かに男性社員は色々と頭を抱えたくなるだろう。

「ですが、社長が柳さんといない時にポンコツオーラが漏れるのは致し方ないと思うしかありません。柳さんとの関係を白紙になど出来ませんし、しろとも言えません」

麻里のその言葉に大樹はホッとさせられた。

「そう言っていただけて助かります」

「ええ。仮にそうなったとしたら面白くありま――ゴホンッ――私は社長の幸せを願っていますし」

「今なんと？」

いいことを言ったような、キリッとした顔をしていた麻里は頭《かぶり》を振った。

「なんでもありません――なので、この場合の問題は柳さんとの関係を出来る限り露見させないことだけです――そうですね、柳さんが昇給と共に昇進するまでは隠したいところです」

そこで大樹は目をパチパチと瞬かせた。

「昇給はともかく……昇進ですか？」

「はい。少なくとも何かしらリーダーシップを取っていただく位置に立つことになるかと」

「そう、ですか……」

どうにも過大評価を受けているような気がしてならない大樹であった。

「話を戻しますが、そこで今日の面接です。予定が付きますが社員の目のあるところで社長が柳さんを前に、社長としての態度を貫けるかを確認するのは今日がちょうどいいかと」

「……なるほど。ですが、失敗した場合は……？」

「ええ。後輩の彼らが柳さんと社長の関係を知るということになりますが、その場合は事情を話せば自ずと口を噤んでもらえるかと思って——予想しています。こちらが懸念している一番の問題は現社員に柳さんが能力も無しにコネだけで入社したと思われることです。ですが、柳さんの後輩達なら、そういう心配は無いと思っています——間違いありませんよね？」

「……その程度には信頼されてると思います」

大樹のその言葉に、麻里が珍しく苦笑を漏らした。

「もう少し自信持っていいと思いますよ」

「……肝に銘じておきます」

「はい。つまり今日社長が失敗したところでリスクが無いと判断したためにテストするのに相応しいと言ったんです」

「……なるほど」

確かに試す意味ではいいかもしれない。元々、大樹だって似たようなことを考えていたのだ。

大樹が反芻していると麻里はボソッと呟いた。

「……まあ、違った形で問題が発生する懸念がありますが、それはそれでしょう」

「はい？　すみません、今なんと？」

小声だったために聞き直した大樹に、麻里はしれっとした顔で首を横に振った。

「いえ、何でもありません」

「……そうですか」

大樹が内心で首を傾げていると、麻里は「ゴホンッ」と咳払いをして問いかけてきた。

「ところで、柳さん、この件について何か賭けをしていると社長から聞いたのですが……？」

そのことも聞いていたのかと、大樹は苦笑する。

「ええ、ちょっとからかってる内にそういう話になってしまって……」

話すと麻里は徐に頷いた。

「はい、そんなとこだろうと思っていました。で、この賭けについて社長は必勝法を思いついたと今日口走っておりまして……」

「ふむ……とすると……？」

賭けの条件は玲華がミスをしなければ、もしくは大樹がミスをすれば玲華の勝ち、である。

このことから自ずと必勝法は浮かび上がってくる。

大樹もそれに当然気づいていて、確認するように目で問うと麻里は頷いた。

「はい。社長は、この後の見送りに顔を出さなければ、柳さんと顔を合わせなければ勝ちは確定だと」

やはりかと大樹はため息を吐いた。

元々、大樹との関係以外に関して玲華は完璧のはずである——勿論仕事に於いての話だ。

なので大樹と顔を合わさずに過ごせば、ミスを起こしようがないという、ヘタれているが完壁とも言える作戦なのは確かである。

「それに気づかれましたか……ある意味、元も子もない話になるんですがね。まあ、その場合は、前提が前提なので賭けを無効にするか、期限を今日までとしていないという話にするつもりでしたが……」

「そうですね。流石にこれで勝利だと浮かれさせるのはダメでしょう……それに――」

「……それに？」

大樹が促すと、麻里はクッと頬を吊り上げた。

「このままでは面白くありません。そう思いませんか、柳さん？」

問われた大樹は、片頬を吊り上げてニヤッとした。

「まったくもってその通りですね」

その瞬間、大樹は麻里とお互いの意識がシンクロしたのを感じ取った。

「同意いただけると思ってました。そこで、どうでしょう、柳さん。甘っちょろい方法で賭けに勝とうとしている社長の浅はかさを打ち砕くため、テストという理由と後輩を見守るため、隣の部屋へ私と入ってみるというのは……？」

そんな麻里の提案に大樹は徐に頷いた。

「是非もありません――行きましょう」

◇◆◇◆◇◆◇

「あー、ちょっと緊張してきた……恵は？」

「私は……もう大丈夫かな」

ソワソワしながらの夏木の言葉に、綾瀬は自分の調子を確かめながら答えた。

綾瀬、夏木、工藤の三人は大樹と別れた後、案内された部屋で座って待っていると、すぐにここまで案内をしてくれた女性が入ってきて彼らにコーヒーを配膳し、対面に位置する席にもう一つコーヒーを置くと、出て行ったのである。

今は三人がそれぞれコーヒーを口にして、一息吐いたところである。

「流石は綾瀬、ってとこっすね。で、綾瀬、さっきは何に気づいたんっすか？」

それほど緊張しているようには見えない工藤からの問いに、綾瀬はどう答えたものかと悩んだ。

「えーっと、落ち着いて聞いてね。私達を面接する人なんだけど――」

と話しているところで、背後に位置する扉が開く音がした。

慌てて綾瀬が席を立つと、夏木と工藤も倣って立ち上がる。

「ごめんなさいね、遅くなって」

妙なほど耳に心地よく通る声だと綾瀬は思った。

室内などで複数人が喧々囂々としている中、この人の声だけは皆の耳にすんなり入ってくるのではと思うような、そんな声だった。

振り返ると、以前、雑誌の写真で見た時の印象以上に美しい女性がにこやかな顔をして扉を閉めるところだった。

「えっ――」

その女性が誰なのか気づいたのだろう、夏木と工藤が目を丸くして固まっている。

「はい、じゃあどうぞ座ってくれる?」

入ってきた女性は、そう言いながら机を周って、綾瀬達の対面である上座の真ん中に腰を落とした。

「さあ、どうぞ? 座ってちょうだい」

尚も固まって立ったままの三人は手で促されて、ぎこちなく会釈して腰を落とす。

三人が座ったのを見ると、女性は笑顔で頷いた。

(なんか……すごいな……)

自分では落ち着いていたと思っていた綾瀬は、入ってきた女性の存在感に圧倒されていたのだ。

室内に入ってきた時から、目が離せず、挨拶する意識も飛んでしまったのである。

更には室内の雰囲気である。三人は緊張してしまっているが、目の前の女性一人がいるだけで、この部屋の空気が一瞬で華やいだように思えた。身長など綾瀬とそう変わらないはずなのに、ずっと大きく見える。

そして何と言っても、同じ女性として憧れを抱いてしまうほどの美人っぷりである。服の上からでもわかるスタイルの良さが拍車をかける。

「はい、今日は弊社まで面接にお越しいただきありがとう。『SMARK'S SKRIMS』代表取締役の如月玲華です。履歴書の方、預かってもいいかしら？」

気づいてはいたが、そうやって名乗られて改めて意識したのだろう、夏木と工藤の喉が緊張を示すようにゴクリと鳴った。

綾瀬は率先して動いた。履歴書を鞄から取り出し、差し出しながら挨拶をする。

「こちらこそお時間いただきありがとうございます。綾瀬恵と申します、今日はよろしくお願いします」

「はい、今日はよろしくね」

相も変わらずニコニコとしている玲華が受け取るのを見て、夏木と工藤が慌ててそれに倣う。

「お、お時間いただきありがとうございます！　夏木穂香です。今日はよろしくお願いします！」

「はい、よろしくね」

「お、お時間いただきありがとうございます、工藤天馬です。今日はよろしくお願いします」

「はい、よろしく」

微笑ましいように玲華は二人から履歴書を受け取ると、机の上に並べ、それからサッと目を通し、最後に小首を傾げた。

（……そうなるわよね、そりゃ）

どこを見て玲華が不思議がっているのか、綾瀬だけでなく工藤も夏木もわかっている。

それから玲華は顔を上げ、三人の表情を見渡すと苦笑を浮かべた。

「無理もないとは思うけど、ちょっと緊張してるみたいね」

「は、はい……」

ぎこちなく夏木が頷いてから、綾瀬は言った。

「あの、私達、面接をすると先ぱ――柳から聞いてはいましたが、それがこの会社だということも、面接をしてくれるのが如月社長だということも知らなかったんです」

大樹の今までの言動と、玲華の雰囲気から、ここはぶちまけた方がいいと綾瀬は判断したのである。

すると案の定だ。玲華は気を害した様子もなく目を丸くした。

「え、それ本当？」

「はい。今日ここに来て、御社を受けることを知り、今初めて、面接をしてくれるのが如月社長だと知ったんです」

これを聞いた玲華はポカンとしたかと思えば、噴き出した。

「あっはは、だとするとそうなってしまうのも無理ないわね。あなた達も災難だったわね」

コロコロと親しみを感じさせるように笑ってから同情するような声を向けられ、同期の二人も肩から力が抜けていくのを感じながら綾瀬達は揃って強く頷いた。

「ふふ、志望動機の欄が揃って空欄なのはそういう訳だったのね」

「はい。そこは思いの丈を当日口にしろとだけ言われて……」

大樹から受ける会社を教えてもらえなかったために、指示を仰ぐとこうなった訳である。玲華が先ほど首を傾げていたのはこのためだ。

「あっはは。まったく……ひどい先輩ね？　もしかして普段からこんな風なの？」

悪戯っぽく笑いながらそう問われて、綾瀬達は苦笑を浮かべる。

「ええ、良くあります」

「真面目な顔をして私達のことからかってきます」

「最初の頃はからかわれてるのかそうでないのか判断がつかなかったです」

綾瀬を皮切りに勢いよく夏木、工藤と続くと、玲華は噴き出し気味に笑う。

「ふふっ……うん。緊張もけっこう抜けてきたみたいだし、面接始めましょうか」

和やかにそう言われて、綾瀬は自身だけでなく同期の二人も、随分とリラックス出来ていることに気づいた。

これは先ほどの大樹に関する話をした効果もあるだろうが、それ以上に、玲華の雰囲気に寄せられたためなのだろうと綾瀬は直感的にわかった。

（若き美人社長のカリスマ……！）

不意に雑誌に書かれていた一文が脳裏に過ぎる。

そして同時に、その雑誌を見ていた時の高揚、憧れが沸き上がる。

まだ接して数分といったところなのに、目の前の女性にどんどんと惹きつけられている自分に気づく。

（この人の下で働けたら……）

この思いを同期の二人が等しく抱いただろうと、綾瀬は不思議と信じて疑わなかった。

何故なら――

「はい、お願いします――！」

三人の声がそう揃ったからだ。

# 第十二話　女王の器

「じゃあ、まずは履歴書にも書いてあるけど、経歴とそこで培った技能について話してもらって、そこから自己PRしてもらえるかな」

その一言から面接は始まり、いい具合に緊張が抜けていた三人は気を引き締め直した。

「じゃあ、まずは——綾瀬さんから」

最初に綾瀬から当てられたのは、一番落ち着いているのが彼女だと見抜いたからだろう。

綾瀬自身もそのことにホッとした。大樹から同期二人のことを頼まれたことが意識にあったからだ。

自分が話している間に、話すことを整理してもらえればと思いながら、綾瀬は落ち着いて淀みなく、自身の経歴、持っている資格、職場で培った技能について話していく。

その最中に、綾瀬は気づいた。

(……見られてる……)

いや、綾瀬が話しているのだからその間に、玲華から目を向けられているのは当たり前の話である。

そうではなくて、内面を見透かすように観察されている、というのが正しいか。

玲華は常に柔和に微笑んで時折相槌を打ちながら話を聞いているのだが、その最中、ごく稀に射抜かれるような視線を綾瀬は感じたのだ。

まるで自分の心中の奥底を覗くような、そんな視線だった。

(……ああ、だからか)

大樹が面接を受ける企業について話さなかった理由の一端がわかった気がした。

そこには勿論、大樹の悪い癖である驚かせたかったというのもあるのだろうが——いや、大体それが本心なのだろうが——この観察眼鋭い女社長に下手なことを言わせないためでもあったのだと理解した。

(多分、適当なことや思ってもないこと言ったりしたら見抜かれる……)

この面接に関しては、大樹は率直に出来ることや思いを話せと言っていた。いや、寧ろそれしか言ってなかったというのが正しいか。

そしてそれがこの面接に関して最適解なのだということを、綾瀬は身をもって実感した。

(だからと言って、いきなり社長と対面するこっちの身にもなってほしいですよ、先輩……)

理解したとしてもそう苦言を呈さずにはいられない綾瀬であった。

「——先ほど話したような環境に於いて、私はリーダーの意向を読み、汲み取って時折、班員に作業の割り振りをすることもありました。たまに行き過ぎた指示を出したこともありましたが、その時はすぐにリーダーが指摘してくれて、省みることが出来たと思います。そんな風に自分の何が良くて悪かったか、プロジェクトが終わる度に班員とも反省点について話し合い、経験を重ねました。そうしていく内に小さな案件ではリーダーを任されるようにもなりました。

自分なりに良く出来たと思う時もありますが、その時でもやはり班員の同期に助けられての結果だなと思うことも多く、未熟な所も多々あれど、次はより良く、の気持ちを心がけ忘れないようにしています……私のこの経験は、どこの職場に於いても力になれると自負しています……以上になります」

綾瀬が話し終えると、玲華は感心したようにうんうんと頷いている。

「積極的にリーダーのサポートをして、リーダーも任されるようになった、ね。この短い間に、それは大したものだと思うわ。頑張ってきたこともよく伝わったわ」

ニッコリと告げられ、綾瀬は嬉しさから昂揚して頬を熱くさせた。

そうして、次は夏木が促される。

待っている間に多少、緊張がぶり返していたようだが、玲華が上手く耳を傾け、程よく相槌を打っている間に、それも無くなったようで次第に夏木の口調は落ち着き、いつもの調子が出てくる。

「――そんな場合、私はみんなに声をかけて顔を上げてもらって、なんか笑えるように……とにかく少しでも笑顔になれるようなことを言ったりやったりするよう心がけてます。笑顔があるのと無いのとでは、仕事の進み具合に差があると思ってるからです。実際そうでした！

……ええと、同期の二人のように何か突出した技能を持ってない私ですが、職場を明るくして仕事を円滑に進めることには自信があります！　……い、以上です」

前情報が無かったのもあって、夏木も話す内容を大袈裟にしたりせず、経歴と自分の持つスキルの後に、率直に自分のことを話し終えた。

（……うん、十分だと思うわ、穂香）

夏木が普段職場でしていることはわかっていても、親友がどのように考えて行動していたかを改めて知って、綾瀬は賞賛しながら内心で強く頷いていた。

玲華は微笑ましげに夏木を見ている。

「ふふっ――うん、夏木さんのようなムードメーカーは仕事を進める上で一人はいてほしいって思う時はよくあるからね……技能がないなんて言わず、自信持っていいと思うわよ？」

そう告げられた夏木は、感動したように目を潤ませた。

「はい！　ありがとうございます！」

「はい――じゃあ、次は工藤くんお願いね」

そして最後に工藤も、夏木と同じように尻上がりに調子を上げていった。

「――そんな風に頼られて、それに応えたいと思っている自分に気づいて、やり甲斐を覚えるようになりました。そうやって繰り返していく内に、この領分は自分の仕事だって意識がついていて、案件が始まる毎に積極的に自分から取っていくようになりました。そうなってくると任されるのも当たり前になっていて、より、やり甲斐を感じるようになり――もっと自分のスキルを磨いて大きく応えたいと思うようになって、家での勉強も始めるようになりました――と言っても、夜遅くまで仕事があるのが殆どな毎日なので、それほど時間が取れている訳ではありませんが、少しずつだけでも進めています。また、違う分野でも役に立ちたいという気持ちは強いです。なので、僕はどこの職場であれ、コツコツと努力を重ねて役立ってみせる自信があります……以上です」

見た目の割に真面目だということは勿論知っていたが、思っていた以上に仕事に情熱を持っていたらしい工藤に、綾瀬は隣にいる夏木と一緒に意外な気持ちで耳を傾けていた。

こちらの視線に気づいたのだろう、工藤が居心地悪そうに目を伏せた。

「ふふっ――工藤くんは、まるで仕事人みたいね。うん、頼りになりそうだと思えるわ」

「……ありがとうございます」

僅かに頬を染めて、言葉少なく工藤は頭を下げた。

三人共経歴が短いだけに、経験を織り交ぜた自己PRが主だった。

この頃になると三人共、不必要な緊張は無くなっていた。

「うんうん、聞いたところ三人共、社会人になって経歴は二年に満たないけど、どこでも十分に実務をこなせそうね」

玲華の上機嫌な声を聞いて、綾瀬達は揃って安堵の息を吐いた。

「それにしても……二年に満たないのにこれだけの経験をしてきたなんてね……」

零さずにはいられないような苦笑を浮かべる玲華に、綾瀬達も同じような表情になる。

「一日が長かったものですから……」

「徹夜もけっこう……」

「実質二年分以上は働いたと思います……」

最後の工藤の言葉は決して大げさなものではない。残業した時間、休出した日の勤務時間を本来の勤務時間と合わせると、残業も休出もない企業で働いた総時間の凡そ三年分には届くだろう。

それが玲華にも伝わったのだろう、嘆かわしいように息を吐いた。

「どうやらそのようね……でも、悪いことだけじゃなかったんでしょ？　頼れるリーダーの指導の下で、あなた達はその期間に濃い時間を過ごして、己を磨くことが出来た……違う？」

綾瀬達三人は一斉に首を縦に振った。

「違いません」

三人の揃った声を聞いて、玲華はニッコリとした。

「その言葉が聞けてよかったわ……あなた達がどんな職場環境で働いていたかは、こちらもある程度は知っているつもりです――」

綾瀬達は思わず喉を鳴らした。何を言われるのだろうかと。

「――どのような環境下であれ、己の糧と為す――言うは易く、行うは難し。誰にでも出来ることではありません。それを為し、先ほどのような自己PRを堂々と話したあなた達を、私は心から尊敬します」

真摯な瞳でもって告げられたその言葉が頭に浸透するほどに、体がジンワリと暖まるように感じ、次いでツンとしたものが鼻に走る。

「――っ、あ、ありがとうございます――……！」

辛うじて涙を零さずに済んだが、目頭が熱くなるのはどうしても抑えられなかった。

どうして同じ社長だというのに、こうも違うのだろうか。

自分達が今所属している会社の社長に、今目の前にいる若い女社長。

社員を安い労働力としか見ず、私腹を肥やすことしか頭に無い社長に、自分達みたいなひよっこを尊敬すると口に出来る社長。

器が違い過ぎる。

比べるのも烏滸がましいとは、正にこのことではないだろうか。

（……今日、この人に会えて良かった……）

たとえ面接に落ちてこの会社で働けなくとも、今目の前にいるこの女性と話せたことだけで今日は価値があった。胸を張ってそう言えるだろう。

同期の二人もきっと同じ気持ちを抱いているだろうと、綾瀬は両隣から伝わる震える吐息を耳にしながら思った。

そうやって俯いて顔を上げることが出来ずにいた三人を、玲華はコーヒーを傾けながら静かに待っていた。

そんな最中のことだ。

――コンコンッ
背後にある扉からノックの音が響いてきて、玲華が不思議そうに小首を傾げた。

「はい――？」

「失礼します」

そう言って扉を開けたのは、声からして綾瀬達三人をこの部屋に案内してくれたいかにも出来そうな美女だとわかる。

「麻里ちゃん？　どうし――!?」

玲華が麻里という名らしい女性へ声をかけている途中で、驚いたように目を見開いた。

「失礼します」

その声が耳に届いた綾瀬も、驚き故につい振り返ってしまった。

「先輩……？」

そこには予想通り大樹がいた。

同じように振り返ってしまったのは同期の二人もである。

どうしてここにと目を丸くする綾瀬達と目が合った大樹は、彼らへ微かに頷いた。

「面接中に失礼します――柳さん、こちらへどうぞ」

部屋の中の戸惑う空気など無いかのように、麻里は綾瀬や玲華とは対角に位置する席――現状ではいわゆるお誕生席に当たる――へ先導すると、そのままその隣に腰を落とした。

「……失礼します」

続いて大樹も会釈して腰掛ける。

そうして二人並んで座るのを呆気に取られながら見ていた玲華がハッとする。

「な、何してるのかしら、二人とも……？」

笑顔でありつつ口端をヒクつかせている玲華に対して、麻里はしれっと言った。

「はい。柳さんへの説明等が終わったので、ここで待機させていただこうかと」

「な、なんで、ここなのかしら……？」

「はい、事前に話していた通り、柳さんには適当な場所で待機していただく、ということだったので、ここへ案内しました」

何か問題でも？　と涼しげな顔をしている麻里に、玲華の頬が更にヒクつく。

「ちょ、ちょっと何言ってるのかわからないわ……」

「？　そうですか？　柳さんに待機してもらう場所として、ここが一番適当かと思いましたので。お帰りは来た時同様に彼ら、後輩の方達と共にされるのでしょうし、面接の様子も気になるはず。ならば、ここここそが適当な場所だと判断しました」

何か間違っているでしょうかと言いたげな麻里に、玲華は頭痛を堪えるかのように額に手を当てた。

「あ、あのねえ、麻里ちゃ――」

と、げんなりした顔で何か言いかけたところで、大樹が身を乗り出した。

「差し支えなければどうかここにいさせてもらえないでしょうか――如月社長」

大樹が真摯な顔でそう言って頭を下げると、玲華は鳩が豆鉄砲を食らったような顔になった。

「だ、だい――」

何か言いかけたところで、再び大樹の声が被る。

「――如月社長！」

大樹が強い眼差しで口にしながら、チラと綾瀬達を見た。

そこで玲華はハッとすると、口をパクパクとさせてから、躊躇いがちに頷いた。

「わ、わかったわ……そこにいていいわ、だい――や、柳くん」

意外な展開に驚き目を丸くする綾瀬達の前で、大樹は姿勢を正して、座ったまま深々と頭を下げた。

「ありがとうございます――如月社長」

すると玲華は少し呆けたような顔になったが、すぐにブンブンと頭を振った。

「い、いいえ――三人の先輩だからって、口出しはしないように、ね」

「勿論です――如月社長」

「っ――」

肩をピクと揺らし、妙に態度がぎこちなくなり始めた玲華に内心で疑問を覚えた綾瀬だが、それは大樹が傍にいて見守ってくれることの安心感によって塗り変えられた。

「ご、ゴホンッ――じゃ、じゃあ、面接を再開しましょうか……」

そう言ってニコッと微笑む玲華の威厳溢れていたオーラが、少し陰ったように感じられたのは気のせいだろうかと、綾瀬は内心で首を傾げた。

そんなどこか締まりが緩くなった部屋の中で、みんなから顔を背けて肩を震わせている麻里に気づく者はいなかった。

◇◆◇◆◇◆◇

「あなた達の先輩のだ──っ柳くんから、三人共、転職先として考えていた中では『SMARK'S SKRIMS《うち》』が一番の本命だって聞いたけど、間違いない？」

口を動かすほどに雰囲気が引き締まっていくかのような玲華の問いに、綾瀬達三人は肯定した。

「はい、間違いないです」

「そう。ふふ、光栄なことね……じゃあ、その辺のこと聞かせてもらおうかな。履歴書には敢えて空白になっている部分の、志望動機について」

遂に来たかと綾瀬達は身構えた。

さっきまで玲華に話していた経歴や自己ＰＲは、言ってしまえば、他の会社の面接でもそのまま使えたりする。

だが、志望動機については、受ける会社に相応しい内容を述べなくてはならず、本来なら面接を受ける前日まで、最悪、面接の直前までには考えておくことである。

だというのに綾瀬達三人は、事前に考えることもなくぶっつけ本番を強いられてしまっている。

原因は受ける企業がどこかを教えてくれなかった大樹の悪戯心である。

いや、今となってはそれだけでないこともわかっている。

下手に思っても無いことを書いたり言ったりすれば、目の前の観察眼の鋭い女性には見抜かれてしまうからだろうと。

だから大樹は言ったのだ。『深く考えずその時に思ったことを言えばいい』『今お前の中にあるものを話す、それだけだ』と。

大樹が繰り返しそう言ったことから、本当にそれが求められている相手なのだろうと察することが出来る。

そしてそれが一番簡単なこともわかる――何せ、『SMARK'S SKRIMS』は彼ら三人の大本命なのだから。

（そうよ……あの時からずっと憧れてた会社。どうして憧れたのか、何に惹かれたのか、そしてその気持ちがここで更に強くなったことについて話すだけでいいのだから楽なものよ）

浅く息を吐いて気持ちを整えると、準備万端と綾瀬は玲華をまっすぐ見つめ返した。

両隣から伝わる雰囲気から、同期の二人も同じく準備が整ったのだとわかる。

玲華は三人の顔を見渡すと――端にいる二人まで決して首を回さず――一つ頷いて、工藤へ目を向けた。

「では、工藤くんから聞かせてもらえるかしら？」

今度は綾瀬からではなかったためだろう、工藤は少し驚いたように息を呑んだが、淀みなく話し始めた。

「はい――ええっと……正直なところ、僕には御社でなければならないという大層な理由はありません」

工藤の志望動機は、そんな率直すぎる一言から始まった。

玲華はそんな失礼とも取れる言葉に気を害した様子などまったく見せず、寧ろ珍しくもないと言わんばかりに頷いて続きを促した。

「切っ掛けは、駅で配られていたフリーペーパーでした。普段なら、日々の業務の忙しさから来る疲れのせいで俯いたまま受け取らずに出社していたところですが――その時はたまたまだったと思います。何となくそのフリーペーパーを受け取りました。そしてそれを持ったまま会社に行って、机の上に転がし……昼休みの時、ふと思い出し手にとり眺めていたら、御社の特集のページが目に入りました。その特集を眺めて、まず思った――うちの会社の人間なら誰もそう思うだろうことが『うちとは偉い違いだな』ということでした」

その言葉に、綾瀬は思わず頷いてしまった。だけでなく、夏木も。よくよく見れば大樹もだった。

玲華は端の二人は見えないとばかりに、頑なに三人へ視線を固定しながらクスリと漏らした。

「社員への待遇や環境について書かれていて――雑誌の特集なんですから悪いことは当然書かれてないにしても、思わず『嘘だろ』と一人で呟いてしまったほどです」

またここで同意するように強く頷いてしまった綾瀬と夏木と大樹。

「そして、もっと『嘘だろ』と思ったことが、記事に嘘が見えなかったことです。具体的に言

う と、写真や記事が全く嘘っぽく見えなかったんです。社内の風景は当たり前のように綺麗でしたけど、それより仕事をしている社員の方々が楽しそうで、それでいて健康的に見えたことが印象に残っています」

そこまで工藤が言ったところで、玲華が初めて戸惑ったように口を挟んだ。

「ええと……健康的……?」

どういう意味なのかと暗に問われて、工藤は頷いた。

「はい。うちみたいなブラックで働いている人は顔――具体的には頬が痩せこけたり、目が虚ろだったり……どこかしら、無理をしているなと見れる人がよくいるんです」

それを聞いて、玲華の頬がヒクッとなった。そんな反応を示したのは彼女だけでなく、ここまで無表情で聞いていた麻里もだ。

「それと、一人の社員の方のインタビューの記事でしたかね。インタビュー内容については忘れましたが、その人の回答が『たまの残業で遅くなった時にふと目に入る夜景がまた綺麗で、モチベーションが上がります』とあって、そこでまた驚かされました」

「……夜景が綺麗ってところかしら?」

玲華がそう聞くと、工藤だけでなく、綾瀬と夏木、大樹まで首を横に振った。

「いえ――『たまの残業が』ってところです。うちだとたまにでも定時に帰れないというのに、この会社の人は残業がたまになんだって思うと、もう……」

遣る瀬無いように工藤がため息を吐くと、つられて綾瀬と夏木も小さく息を吐いてしまった。

「そ、そう……言いたいことはよく伝わったわ……」

どこかぎこちない笑みを浮かべた玲華は続けて言った。

「つまり、工藤くんとしては『SMARK'S SKRIMS』《うち》がブラックではないと思ったから、というのが、一番の動機かしら――?」

そう尋ねられた工藤は首を横に振る。

「いえ――それだけだと、当てはまるところは他にもあります。勿論、ブラックでないというのも大きな動機ではありますが、僕が一番御社に惹かれたのは、先にも言ったその雑誌に写っていた写真です。紹介されて映っていた社員の方や、会議の様子が映された写真、どの写真にも笑顔があったんです。それに気づいた時、ああ、この会社の人達はここで働くのが楽しくて堪らないんだろうなって自然と思ったんです。それが見える写真だったんです。そこで考えてみたんですが、僕が今の会社に入って仕事をしてきて、仕事そのものが楽しいと思ったことって実は無いなと気づいたんです。楽しいと思ったのは仕事ではなく、同期の友人や先輩と雑談したり飲みに行った時のことで、仕事を頑張ったのも仕事が楽しいとかではなく、同期や先輩に迷惑をかけたくない、先輩に認められたい、そういったことがモチベーションでした……なので、社員の人達が楽しそうに仕事をしていると思った御社で働いてみたいというのが一番の動機です――以上です」

本当に率直なことしか工藤は話さなかったように思う。

苦笑する玲華を前に、これで良かったのだろうかと、工藤と一緒に綾瀬達が大樹を盗み見ると大樹も同じく苦笑を浮かべて後輩達へ、大丈夫だ安心しろというように頷いていた。

それを見て工藤はホッと安堵の息を吐いた。

「ふふっ、うん……確かに工藤くんの動機は確かに『SMARK'S SKRIMS《うち》』でなければならないというようなものでは無かったわね」

苦笑から穏やかな笑みに変わった玲華の言葉に、工藤は緊張したように喉を鳴らす。

「でもね、私はそれを聞けて嬉しかったわ。何故なら、工藤くんが言っていたことは私がこの会社を経営する上での一つの指標だから。楽しく仕事をする、っていうのはね。だから——工藤くんが仕事を楽しみたいからうちで働いてみたいっていう志望動機は、我が社からしたら大変喜ばしく誇らしいことと言えて——同時にそれこそ我が社でなければならないと言わせたいことでもあります。ありがとう、工藤くん」

そう言ってニコッと微笑まれた工藤は顔を紅潮させて、感激したように頭を下げた。

「い、いえ、とんでもないです——!」

ほう、と綾瀬は感嘆する。

玲華の言葉には、本音を話していると思わせる節がこれでもかとあった。

事実、本音なのかもしれない。けど、それをこの場で感謝の言葉と共に告げられることに、玲華の器の大きさを見せられたような気がしたのだ。

(……本当にうちの社長とは大違い……)

綾瀬達の会社の二代目のあの社長だったら、ふんぞり返って当然だろうと嘲ってくるか、もしくは工藤のような若年からの言葉でなければ煽てられたかのようになって調子に乗るだろう。

「それじゃ、次は——夏木さんに話してもらおうかな」

玲華が工藤から視線を移すと、夏木は「やっぱり」といったように背筋を伸ばした。

「はい！」

緊張を覗かせながらも元気良く返事した夏木であるが、困ったように眉を寄せた。

「でも、あの、すみません。割と話したいことは工藤くんが話していて——」

その言葉を受けて、玲華は鷹揚に、それでいて朗らかに頷いた。

「構わないわ。同じ内容であれ、それを夏木さん自身の口から聞かせてもらえれば」

「は、はい！　えっと、私も切っ掛けは工藤くんが持ってきた雑誌で——」

玲華に言われた通りに、夏木は自身の言葉で工藤と殆ど同じ内容の言葉を話し、それを玲華は欠片も飽いた様子を見せずに耳を傾け続けていた。

「——仕事を楽しめるような御社の環境だと、私の存在価値が下がってしまうような気がしないでもありませんが、私も仕事を楽しんでやってみたく御社に憧れたのが志望する理由です」

そこまで話したところで、玲華は嬉しそうに頷いた。

「そう。先ほど工藤くんにも言いましたが、その志望動機を私は嬉しく思います」

そう告げられて夏木も嬉しそうに微笑むが、夏木はそこから続けて言う。

「は、はい——それと付け加えると、その日から御社に興味を惹かれた私は、御社のショッピングサイトを利用しています。あれってすごいですね！　購入履歴や見ていた服から趣味が似たようなのを自動でお勧めしてくれるシステムありますよね？　あのシステムってよそのショッピングサイトでもありますけど、『SMARK'S SKRIMS』のは格段に良いと思います！　更にマイページには、たまには気分転換にってページがあって、そこでは趣味から少し外れたものをお勧めしてくれて、それがまたいいものが多かったりして、すっかりハマってしまって、もう長い間愛用してます！　デザインも可愛くてあんな素敵なサイトを運営している御社で働いてみたいというのも志望理由です！」

目をキラキラさせながら興奮気味に語る夏木に、玲華は苦笑と同時に微笑ましげな笑みを浮かべていた。

「そうなの。夏木さんもうちのサイトを利用してくれてたのね」

「はい！　お世話になってます！」

「ふふっ、そう。夏木さんのようにあのサイトを愛用してくれていて、うちに入った人は何人もいたわ。うちに来たら話が合いそうな人が多いかもしれないわね」

茶目っ気を込めるようにウィンクと共に告げられた夏木は満面の笑顔で頷いた。

「はい！　そういった意味でも御社で働くのが楽しみです！」

もう合格したかのような言い方をしてしまった夏木だが、その前の玲華の言葉を考えると無理はないと言えた。

（……多分、そうなんだろうな……やったわね、穂香‼）

まだ恐らくがつくが、夏木は合格だろう。工藤もそんな気がする。

　ふと大樹を見ると、感嘆したような感心したような目を玲華へ向けていた。

（……そう言えば先輩って、どうやって如月社長と知り合ったんだろ……？）

　ただの知り合いとも思えない。何せ綾瀬達の面接の渡りをつけたのは恐らく大樹で、彼自身も内定をもらっているのだ。

（……先輩の有能ぶりを噂で聞いてヘッドハンティングされたとか……？　うん、ありそう）

　そして内定をもらい、綾瀬達の本命がどこかを知って、今の面接を実施してくれるよう動いてくれたのだろう。

（……うん、多分それほど外れてないと思う……でも、何か引っかかるような……？）

　何かとても大きなことを見落としているような引っかかりを覚えた綾瀬は頭を悩ませ始めたが、それはすぐに中断を余儀なくされた。

「それでは、綾瀬さん、お願いします」

「はい」

　綾瀬はすぐに思考を切り替えて玲華と向き合った。

「私も切っ掛けは先に話した二人と同じで――」

　工藤、夏木と同じ話を綾瀬は彼女自身の言葉で話し始めた。同じ内容であるが、先の夏木への言葉を考えると、いちいち断らなくてもいいだろう。

　事実、玲華は初めて聞くかのようにキチンと綾瀬の話に耳を傾け反応してくれていた。

　夏木がハマっているように綾瀬も『SMARK'S SKRIMS』のショッピングサイトを利用し

ていることも話した。

「――システム自体もすごいと思うのですが、それ以上に次々と旬なイベントや企画がサイト内外で開催されてるのがすごいと思います。様々な視点からよく練られていて、飽きることがなく、感服する思いです」

サイトについて思っていたことを話すと、玲華は少し複雑そうに眉を曲げて微苦笑を零した。

「イベント関連は社員に任せてるのが殆どなのよね――彼らも綾瀬さんの言葉を聞いたら喜ぶと思うわ」

「はい。きっと企画してる方達はすごく仕事を楽しんでるんだろうなと思っていたので、お会い出来る日が楽しみです」

次々と繰り広げられるイベントから思っていたことを口にすると、一瞬だけ玲華の視線が後ろめたそうに泳いだのを綾瀬は見逃さなかった。

「そ、そう――……彼らの情熱はとても濃いから当てられないようにね……」

「？　はい……」

どういう意味だろうと思わず小首を傾げる綾瀬だったが、玲華は「ゴホンッ」と咳払いをして、目で話の続きを促した。その視線は「もう終わり？」という意味もこもっていて、綾瀬は微かに首を横に振って口を開いた。

「最後の、私が御社で働きたい理由ですが――」

言いながら綾瀬はチラッと大樹を見る。

大樹は何も心配してないと言わんばかりにまっすぐ綾瀬を見ていた。

そのことに心強さを覚えながら綾瀬は言葉を紡ぐ。

「──社員を正当に評価をしてもらえそうだと思ったからです」

「正当な評価、ね……」

綾瀬の言葉を聞いて、玲華は呟きながらチラッと大樹を見たが、すぐに慌てたように視線を逸らした。その際に気のせいか、玲華の頬が少し赤くなっていたように見えた。

「はい。フリーペーパーの写真の話題の際にも申しましたが、御社で働いている社員の方達はみんな楽しそうでした。それは仕事が楽しいこともあるのだと思いますが、その前に待遇の面で満足しているからだと思っています」

それを聞いて真剣な目で続きを促す玲華に、綾瀬は頷いた。

「どれだけ仕事をしても、どれだけ成果を出しても、どれだけ有能さを示しても……報われない、認められない、だけでなく不当な評価を受ける環境なんて私は嫌です。嫌悪してると言ってもいいです」

口にした通りの嫌悪感を顔に出して苛烈に言い放った綾瀬に、玲華だけでなく、大樹や夏木、工藤は目を瞠った。

「……予想はつくし、そう思って当たり前とも思うけど、どうしてと聞いても？」

落ち着かせるかのように静かに問いかけた玲華に、綾瀬は息を浅く吸ってから答えた。

「……そういう人を、見てきたからです。その人は社で誰より仕事をしていたにもかかわらず、直属の上司からは意味もなく中身の無い言葉で怒鳴られてばかりで、無茶振りされた仕事を苦労して終えても、言葉では労われても口調や態度はこれぐらいやって当然だと言わんばかりのもので、褒められることはおろか報われることなんて全くありませんでした。直属の上司だけではありません、その上なんてもっとひどいです。能力や実績を見ずに、高卒だという出自の一点だけで、その人をまともに評価していませんでした……私達はまだいいです。新卒のひよっこですし、出来ることにも限りがある上に……仕事を終えると労って褒めて認めてくれる人がいるからです……ですが、その人にはいません。どれだけ頑張って成果を上げても報われないその人のことを考えると、悔しくて……！　……昨今ではそういう環境にいる人も珍しくないかもしれません。ですが――」

　そこで綾瀬の言葉を遮る者がいた。

「綾瀬、誰のことを言ってるのかわからんが――そう言うほどのことでも無かったと思うぞ、その人は」

「先輩……」

　大樹が腕組みをして綾瀬と目を合わさず天井を見上げながら口を動かす。

「確かに、直属の上司からその一番上までの連中はどいつもこいつもひどいもんだが……それでもその人を認める人間がゼロって訳でなかった――と思うぞ、綾瀬。取引先の人はその人を仕事相手として認めてくれていたし、辞めていった先輩にも声をかけられていたりしたし、何より――」

大樹は顔を下ろして綾瀬達三人へ目を向けると、片頬をニッと吊り上げた。

「──頼もしく騒がしく、その人を信じて着いて来てくれる後輩達がいたからな」

「せ、先輩……」

そう声に出したのは綾瀬だけではなかった。

「まあ、最初は生意気で言うことも碌にきかんようなやつらだったが……」

肩を竦めて放たれたその言葉に、綾瀬達は揃って動揺を露わにする。

「わ、私はそこまでじゃなかったと思います！」

「お、俺もそこまでじゃなかったと思うっす……」

夏木と工藤が慌てたように手を振って自分は違うアピールをする中、綾瀬は気まずさから口をモゴモゴとさせた。

彼らの言うそこまでの「そこ」が何を、誰を指しているのかわかったからだ。

「あ、う……そ、その節は、ご迷惑をおかけしました……」

当時の己の愚かさを思い出すと、同期の二人と同じように続くことが出来なかった。

赤面する綾瀬の言葉を受けて、大樹はからかうように笑い飛ばした。

「何の話だ？　俺に言ってどうする、誰かさんの話だろう？　……ともあれ綾瀬、お前が話すその人は、後輩達のおかげでお前が思うほど悲惨だった訳じゃなかったってことを覚えておけ」

「は、はい……！」

また鼻にツンとしたものが走るが、今は面接中だということを思い出し、慌てて玲華へと視線を戻した。

「……？」

そこで首を傾げた。玲華がどこかボーッとした様子で大樹へ視線を注いでいたからだ。

大樹もそのことに気づいたのか、口に手を当て咳払いをした。

「──ゴホンッ……失礼しました、如月社長」

「ふぇっ──？」

ハッとした玲華から今日初めて聞くようなどこか間の抜けた声が聞こえた。

「……傍観に徹するはずでしたのに、後輩に話しかけるような真似をしてしまいました。申し訳ありません」

「──如月社長！」

「──あ、う、ううん。別にいいのよ、だい──」

何か言いかけているところを遮るように大樹が呼びかけると玲華の肩がビクッと揺れる。

「──どうぞ、もう邪魔はしませんので、面接の続きをお願いします」

玲華は目をパチクリとさせて、視線をソロソロと綾瀬達へと戻す。

そこで思い出したようになると、誤魔化すような笑みを浮かべてから「ゴホンッ」と咳払いをすると、キリッと表情を改めた。

「さて、それじゃ綾瀬さんの志望理由の一つは、我が社が社員に対して正当な評価をしそうだということかしら？」

「は、はい……」

玲華の表情の切り替えを目にした綾瀬が面食らいながら返事をする。

（……さっき先輩を見て……なんか変になってなかった……？）

そんな疑問が胸に浮かぶが、今の玲華を見ていると気のせいのように思えてくる。

だが今はそれよりも、と綾瀬は思考を切り替える。

「話を戻しますが、御社の社員は正当な評価を受けているからこそ、待遇に満足し仕事をしているのではと思っています。そして、今日如月社長とお会いし、こうやって話をすることが出来て確信しました。私の推測は間違っていなかったと」

まっすぐ玲華を見つめて紡ぐ綾瀬の言葉に、玲華は同じように真剣な表情で応えた。

「……私は社員に対して正当な評価をする。綾瀬さんはそう思っているのね？」

「はい」

「……私だってあなた達と同じ人間よ？　間違えることもあるかもしれないわよ？」

「……かもしれません。ですが、如月社長なら――」

「……私なら？」

「如月社長なら、ご自身が間違いを犯しそうな時に、それを諫める人が必ず近くにいて――いえ、傍に置いているはずです」

そこまで言ったところで、玲華は僅かであるが驚いたように目を丸くし、チラッと麻里を見た。その麻里は真剣な目で綾瀬を見ていた。

二人の反応に構わず綾瀬は続ける。

「――そしてそれを聞く耳を持っている方だと思います……いえ、私達を尊敬すると仰ること
の出来る如月社長なら間違いなくそうだと思います――だから私は、如月社長のような方の下
で働きたい。元から思っていましたが、お会いしてお話しして、改めて強く思いました――こ
こで、働きたいです……！」

綾瀬は大樹に言われた通り、思いの丈をぶつけるように、ありったけの意志を乗せて言葉を
放った。

そしてそれは、玲華をして気を飲ませるほどのもので、すうっと浅く玲華に息を呑ませた。
玲華でそうなったのであるのだから、他の面子は言うに及ばずだ。

綾瀬の意志の強さが音に聴こえそうなほど静寂したこの部屋で、最初に口を開いたのは麻里
だった。

「……社長」

「……何かしら、麻里ちゃん？」

「どうやら私は彼女のことを過小評価していたようです」

未だ綾瀬に視線を注いだままの麻里の言葉に、玲華は柔和に口端を緩めた。

「どうやらそのようね……珍しいわね、麻里ちゃんの計算が狂うなんて？」

からかいの響きも混じったその声に、麻里はため息を吐いた。

「そうですね……でも、このような狂いは歓迎すべきものだと思います。違いますか？」

「ええ。まったくその通りね」

そこで玲華と麻里の二人は頷き合った。

「ええと……？」

何か二人で自分のことを話しているようだが、意志を振り絞って頭が熱くなっているせいか、いまいち頭が回らず、状況を把握出来ない。

困惑する綾瀬に、玲華はニコリと微笑んだ。

「──はい。綾瀬さんの志望理由はハッキリとわかりました。意志の強さも──一応聞くけど、以上でいいのかしら？」

「は、はい！　以上になります！」

「はい──お疲れ様でした」

本来ならそんな言葉は無かったはずだろうが、綾瀬の様子を見て放たれたそれは、確かに彼女に影響を及ぼし、綾瀬は肩から力が抜けていくのを感じた。

「あ、ありがとうございました……」

会釈すると玲華は労うように微笑んだ。

「はい。では、こちらがあなた達に聞きたいことはもう終わりです。反対にあなた達から質問はあるかしら？」

玲華から気軽に聞いてくれていいと態度で示されたその言葉に、綾瀬はどこか鈍くなっている頭を無理矢理回転させ始める。ここで何も聞かないのは印象が悪くなるとはよく聞く話だからだ。

だが、聞きたいことは用意していたはずなのに、満足感や達成感が湧いてくるばかりで、どうにも上手く頭に浮かんでこない。

綾瀬がやきもきし始めたところで、夏木が空気を変えるように明るい声を出した。

「はい！　もし私達が、もしくは誰かが入社したとして、研修などはあるんでしょうか？　あったとしてどれぐらいになるんでしょうか？」

その質問に玲華は考えた様子も見せずに答えた。

「そうね。あなた達にはまずこの会社のやり方を覚えてもらうというよりも、勤務形態に慣れてもらうため、という形で一ヶ月ほどの研修を考えています」

その回答に首を傾げたのは夏木だけではなかった。

「慣れ……ですか？」

「ええ。そうね……うちの定時は十七時半になるのだけど、あなた達はその時間になったら流れるように席を立って退社出来る？　時間を気にせず仕事を続行したりしてしまわない？」

「そ、それは……」

夏木が言い淀んでから、隣にいる綾瀬とその向こうにいる工藤へソロソロと視線を動かした。

「さ、流石に出来るよね……？」

頬を引きつらせてのその問いに、綾瀬は工藤と一緒に渋面を作った。

「どう……かしら。ここ一年以上、定時が何時かなんて気にしたことなかったし……」

「そもそも俺達会社の定時が何時か忘れてたぐらいだし……」

唸るように吐き出されたその言葉に、玲華は苦笑を浮かべた。

「言っておきますけど、我が社は一分単位で残業代が発生します。なので、残業の必要性が薄ければ定時にさっさと帰ってもらいたいというのが経営者側としての本音です。ねえ、麻里ちゃん？」

「はい。我が社では定時の二分、もしくは一分前にPCのシャットダウンの準備を開始し、定時ピッタリに退社を推奨しています。加えて言うと、残業をする場合には事前に上長へ申請し、許可をもらわなければ出来ないシステムになっていますので、申請をしていない者が定時を過ぎてもモタモタ仕事をしていると、寧ろそこの上長に注意されますので、お気をつけ下さい」

今の会社と比べると信じられないことばかりの説明を受けて、綾瀬達はあんぐりと口を開いてポカンと見事なほどの間抜け顔を晒してしまった。

「残業代……？」

そういえばそんなものあったっけと言いたげな工藤。

「一分単位……？」

いくら残業しても増えることなんてなかったのに、一分でも残業したら増えるのかと信じられないような夏木。

「寧ろ残業したら注意される……？　残業に申請が必要……？」

残業しないと白い眼で見られることが当たり前なのにと綾瀬。今日はあくまでも四人が一斉に不意打ちだったから回避出来たようなものだ。

それぞれ口にしたことは別だが、その全てに驚いているのは三人ともだ。

そんな三人を見て、玲華は遺る瀬無いように首を横に振る。

「……思っていた通り、まずは意識改革が必要のようね。なので、一ヶ月の研修期間でうちのやり方に少しでも慣れてもらいます」

「は、はい……」

そこには、ぎこちなく、そしてそんな夢のような環境に果たして慣れることが出来るのだろうかと半信半疑ながら、躊躇いがちに頷く三人のブラック社畜がいた。

それからはショック状態ながらも綾瀬達はポツポツと質問を繰り出し、玲華は淀みなく答えていく。

そして綾瀬達から質問が出なくなったと見た玲華が締めるように言った。

「もう質問は無いかしらね……？　はい、ではこれで面接を終えます。今日はありがとうございました」

「ありがとうございました――！」

話したいこと聞きたいことは全て口に出せたと思っている三人の顔は明るく、満足感と達成感で埋め尽くされていた。

「それじゃあ、結果の方は――」

と玲華が言いながら視線をスライドさせると、その先にいた麻里は頷いた。

「履歴書に記載されているメールアドレスにて通知させていただきます。合格の際には、年収等の雇用条件も添付させていただきますので、条件に不満が無ければ採用という形になります。そして合否に問わず通知は一週間以内を目安にさせていただきますので、ご注意ください——何か質問は？」

無表情に淡々と告げられた綾瀬達は恐縮しながら、それぞれ首を横に振る。

「けっこう。それでは各自メールボックスの確認を怠らず、楽しみにお待ちください——今日はお疲れ様でした」

途中でふっと微笑を浮かべて見せた麻里の凛とした美しさに見惚れそうになった綾瀬達だが、彼女の言葉の意味が浸透するにつれハッとして顔を見合わせた。それぞれ驚いたように目を丸くするが、慌てて麻里へ頭を下げる。

「ありがとうございました——！」

綾瀬達は顔を上げるとすぐに大樹へと目を合わせる。すると大樹は頷いて片頬を吊り上げニッと笑って、組んだ腕を崩さないまま手を動かしてサムズアップを向けてきた。

——十分だ、よくやった。

言葉にせずともそれがハッキリ伝わって、綾瀬達は上気した顔で互いを見合って顔を綻ばせた。

そんな四人を玲華が微笑ましいように見ている中で、麻里が大樹へ声をかけた。

「柳さんもお疲れ様でした。どうでしたか、我が社の——いえ、近い内に柳さんの上司にもなるうちの社長は？」

　そんなことを問われた大樹は、真面目ぶった顔で重々しく頭を振った。

「一言で言えば——感服しました。如月社長が社内で社員に対してどのように接しているのか、垣間見えたと思います。よく見てくれているとわかっているから、社員もやる気を持って働けているのでしょう。それがわかると、より一層この会社で働ける日のことが楽しみになりました」

　大樹にしては妙に思えるほど持ち上げているような気がした綾瀬だったが、考えてみれば今の会社で褒められるような上司など殆どいなかったから聞き慣れていないだけかと思い直した。ただ、大樹の顔が自分達をからかう時のものと同じに見えるのは、偶然の一致だろうかと不思議に思い、玲華を見てみると、彼女はどこか照れたように頬を染め、上機嫌を示すように口端が緩んでいた。

「更には、面接の相手であろうと、話を上手く誘導したり、上手く耳を傾けてと、流石と思いました。この面接に於いて、うちの後輩達は言いたいこと聞きたいことは全部出せたと思います。彼らの先輩として礼を言わせていただきます——ありがとうございました」

　そう言ってスッと大樹が頭を下げると、口端をニマニマと崩し顔を赤くしていた玲華は慌てたように手を振った。

「も、もう、そんなに褒めても何も出てこないわよ、大樹くん——」

そこまで言ったところで、麻里はその場にいるみんなから顔を背け、大樹は口に手を当てて俯いた。

そんな二人に気づかず、綾瀬は玲華の変化した雰囲気に驚くと同時に違和感を抱いた。

（……ん？　あれ、今先輩のこと、何て——）

同様の疑問を抱いたのは綾瀬だけではなかったようで、夏木も不思議そうに首を傾げた。

「んん……？」

ついといったように怪訝な声を漏らすと、夏木は大樹に照れたような笑顔を向けている玲華へ声を上げた。

「あの、如月社長……今、先輩のことを何と……？」

するとギクリとしたように肩を揺らした玲華が、こちらへ振り向く。

「へ……？　な、何かしら……？」

どこか間の抜けたような声が耳に入って、綾瀬は内心で首を傾げてしまった。

「えっと……今、先輩のことを苗字でなく名前で呼ばれたように聞こえたんですが……」

そこで夏木は区切ったが、口にせずともその先の意味は明白だ。

どういうことなのか、そもそもお二人はどういう関係なのかといった、そんな疑問が言葉にされずとも潜んでいるのが、この場にいる者なら誰だってわかる。

「えっと……そ、そうだった、かしら……？」

そう答えながら盛大に目を泳がせている玲華は、先ほどまでの威厳溢れる姿が嘘のようだ。

そんなどこか挙動不審を思わせる玲華に、綾瀬達三人は目をパチパチと瞬かせる。

「き、如月社長……？」

思わず綾瀬が怪訝に声をかけると、麻里の方から嘆かわしいと言いたげな、そんな大きなため息を吐く音が聞こえた。

「だから言ったでしょう……社員とはいえ、男性の名前を軽々しく呼ぶと今のように不審がられると」

「……ま、麻里ちゃん⁉」

焦った玲華が麻里へ何かを訴えるように見るが、それには応えず麻里は綾瀬達へ視線を向けた。

「さっきあったように、うちの社長は社員に対しては、少し親しくなるとすぐ名前で呼んでしまわれるのです。そうされることで不満を持つ社員がいないことも拍車をかけ……柳さんにもついそうしてしまったんです。内定が決まっただけの柳さんにもしてしまうなんて……入社予定とはいえ、今からそうだと、他の社員に不審感を与えかねないというのに」

まったく困ったものですと言いたげに、頰へ手を当てて嘆息する麻里に、玲華はどこかホッとしたように安堵の息を吐く。

「──そ、そうなのよね！　馴れ馴れしくして、ごめんなさいね、だ──柳くん？」

「いえ。とんでもないです」

大樹が恐縮したように返すのを見て、綾瀬はそういうことかと一応は納得した。

この面接での場の玲華しか知らないが、確かに彼女の親しみやすさを考えると、そういうところがあってもおかしくないだろうと思える。

小骨が喉につっかえているような、そんな違和感が残るが綾瀬は一応は納得した。

（……でも、そう親しくなる程度には付き合いがあるってことじゃ……）

その付き合いは何で、どういう関係なのか、という疑念はそのままである。

それを聞こうと口を開こうとしたところで、麻里が思いついたように言った。

「それはともかくとして、柳さんは今の会社をいつ辞めるかについて決められているのでしょうか？」

「今の会社を辞める日ですか。そうですね、今日の後輩達の結果次第なところもありますが――」

と、大樹が言いながら思案しているところで綾瀬と目が合った。

「――綾瀬、仮にお前達が全員ここに合格したとして、俺がお前達と会社を辞めようと考えてるのがいつかわかるか？」

試すようにニヤッと笑まれて、綾瀬は突然のことに慌てふためきながらも頭を回転させる。

「え、えっと……」

大樹がそう聞くからには、自分がその答えを導くだけの知識を持っているのが前提のはずだ。

そして転職先の内定が決まっているのに大樹が退職願を未だ出していないのは、間違いなく自分達のためであるし、世話になった取引先のためというのもあるのだろう。

加えて『仮に』綾瀬達が全員合格したとして、とも言っている。

（あれ？　それってもしかして……ううん、それより――）

浮かび上がった疑念には蓋をし、自分の裡から必要な情報を集めて計算する。

（先輩が今集中してやっているのは……――そっか、先代から関わりのある取引先の仕事ばっかりだったのね……）

視点を変えて考えれば、大樹はもうとっくに後腐れなく辞めるための準備を進めていたのだとわかり、綾瀬は大樹への尊敬の念を更に深めた。

数秒してから綾瀬は自信のある声音で回答を出す。

「ちょうど一ヶ月後、といったところでしょうか」

対して大樹は予想外を示すように目を丸くした。

「一ヶ月？　か……」

「はい。先輩はいつと考えられていたんでしょうか？」

「俺は一ヶ月と半月と見込んでいたが……」

ふむ、と綾瀬がどうして一ヶ月という答えを出したのかと考え始めたような大樹に対し、綾瀬も大樹が何故一ヶ月半かかると考えたのかを思案する。

「一ヶ月半……ああ、そういうことですか」

綾瀬は思わずクスリと微笑む。

大樹が相変わらず自分に厳しく、後輩の自分達には優しい人なのだと気づかされたからだ。

「先輩、それは私達の休日出勤を考えてない計算では……？」

「！」

「加えて、残業も私達だけ短めの計算ですね」

「む、う……」

大樹が一本取られたと言わんばかりに唸り声を上げる。綾瀬の推測通りなのだろう。

「転職先を探すためと、私達には残業時間を短くさせて、休日出勤も無しにと言いつけましたよね？　先輩自身はそのままで。そして、その形でこれから先の仕事も計算されましたね？」

「そう、だな……だがな――」

綾瀬の言い分を認めてから反論しようとする大樹を、綾瀬は両隣にいる二人に目をやりながら遮る。

「ダメですよ。こうなったからには私達も先輩と同じだけ働きます」

「そっか。転職先探すために先輩残して帰ってたんだっけ」

「まだ合格と決まった訳じゃないっすけど……先輩が辞めるなら、結果がどうあろうと一緒に辞めた方がいいのは確かっすね」

三人で顔を見合わせると微笑を浮かべ合い、大樹へ目を向ける。

「後、一ヶ月です。一緒に仕事を終えさせてください、先輩」

「だよね。何より後一ヶ月だと思うと、余裕で頑張れるし！」

「ああ。あとたった一ヶ月だと思うと楽勝っすね」

これればかりは譲れないと綾瀬達が告げると、大樹は困ったように眉を寄せるも、最後には仕方なさそうに苦笑を浮かべた。

「……そうか。では、あと一ヶ月、お前達をコキ使わせてもらうとするか」

そんな物騒ともとれる言葉に、綾瀬達は不敵に笑い返した。

「はい。存分に」

「四人で仕事するのもこれが最後かもしれないですしね！」

「そう思うと……いや、あの会社に居続ける選択だけはやっぱり無しっすね」

口々に言い返した後輩達に、大樹は浮かべていた苦笑はそのままに、どこか頼もしそうな目を向けてきた。

何となく、また一つ大樹から認められたような気がして、綾瀬達がそれぞれ笑みを浮かべていると、麻里が「ゴホンッ」と咳払いをして注意を引く。

「いつになるかというのをハッキリしていただくのは助かります。ですが、それは休日出勤や残業を重ねるような無理をした上でなくとも構いませんが……」

多少遅くなろうと問題ないと言外に告げる麻里に、綾瀬達は大樹と共に首を横に振る。

「会社を辞めるのが遅くなればなるほど、またつまらない仕事を重ねられる可能性が高そうでして。たとえそうなったとしても、時期が来たら知ったことかと辞めるつもりではありますが、それでも少しでも後腐れなく辞めるためにも、そういった可能性は出来得る限り避けたいと思っています」

「……なるほど。そういうことですか」

「はい。今から一ヶ月半――いえ、一ヶ月というのは、それが最も叶いそうな時期と見込んでいます」

麻里は数瞬、複雑そうに眉を曲げると、仕方無さそうに息を吐いた。

「……承知しました。ですが無理は無さらぬよう。今の会社を辞めるまでの間に体を壊した結果、こちらへの入社が遅れたりなんて本末転倒な事態は避けていただくよう願います」

その言い分は最も過ぎると言いたげに大樹は苦笑した。

「肝に命じておきます」

「はい。では、今から一ヶ月となると――年内一杯でしょうか。今の会社に在籍しているのは」

「そう、なりますね。年が明ける前までには辞めることになるでしょう」

今が十一月の末だから、確かにそうなる。

(……なら今年の年末年始は会社で過ごさずに済みそう……)

その事実だけでソワソワしてしまったのは綾瀬だけでなく両隣にいる同期の友もだった。

「わかりました。柳さんは今の職場を退職されてからは――」

言いながら麻里は一瞬だけ綾瀬達を見るもすぐ目を伏せた。

「――それ以降の話は十二月に入ってからでも構いませんか」

「……恐れ入ります」

大樹がペコと会釈するのを見て、綾瀬は内心で首を傾げた。

（……何だろ？）

今の二人のやりとりの中で、何かしら自分達に聞かせたくない話があったように思えた。

それが何かと考えてると、メモを取っていた手を止めた麻里がチラッと視線を上げる。

「ゴホンッ──社長」

そのように麻里が呼びかけると、玲華はビクッと肩を揺らした。

「ふぇっ？　な、何、麻里ちゃん──？」

何故か驚いたような声を出す玲華。そのせいだろうか頬が少し赤い。

「……いえ、他に何か聞くことは無かったでしょうか？　もう無いとは思いますが……」

「へ？　あ、そ、そうね。もう無かったと思うわ」

面接が終わってから、どうもまごついたような、浮ついたような雰囲気を多々漂わせるように感じさせる玲華に、綾瀬は内心で首を傾げた。

（……思っていた以上にオンオフのハッキリしてる人なのかな……？）

輝かしいほどのカリスマ性は健在なれど、面接をしていた時とはどうにも雰囲気が違うような気がして戸惑ってしまう。

「──ですね。柳さん、後輩の方達も、この後の予定は決められていますか？」

玲華の言葉に頷いた麻里が、大樹へ尋ねる。

「この後ですか？　……まだ時間もあることですし、こいつらと適当に飲みにでも行こうかと思っておりましたが」

質問の意図を図りかねながらもそう答える大樹と、麻里へ怪訝な目を向ける玲華。

「なるほど。お店の予約などは済まされてますか？」

「いえ、特にしてませんね」

「そうですか。それはちょうどよかった」

そう言って微笑む麻里に、大樹が訝しげに眉を寄せる。

「このビルの上にはレストランフロアがありまして、そこにあるお寿司のお店を予約しているんです。今日のお疲れ様的な意味と親睦を深めるのを兼ねて、どうでしょう？　勿論、後輩の方達も含めて」

そんな誘いに目をパチパチとさせる大樹。綾瀬達も驚いて顔を見合わせる。

「ああ、支払いは社長ですのでご心配なく」

付け足すように言う麻里に、玲華が慌てた声を出す。

「ちょ、ちょっと麻里ちゃん……!?」

「何か？　まさか私達に支払いをさせるとでも？」

しれっと返す麻里に、玲華は憤慨したように言う。

「支払いはどうでもいいのよ！　え、上のお寿司の予約？　わ、私聞いてないわよ……？」

「そうでしたか？」

「そうよ！」

「では、今言いました。問題ないですね？　この後に予定がある訳でもないのですから」

「そ、そういう問題じゃないでしょ――!?」

突然の二人の漫才めいたやり取りに、綾瀬達はポカンとしてしまう。

大樹はといえば、全員から顔を背けて肩を震わせている。

更に憤慨する様子を見せる玲華とは対照的に、麻里は面倒くさそうにため息を吐いた。

「もういいではないですか。それとも入社予定の柳さんや、面接を終えたばかりの彼らを労うのが嫌と言うとでも？」

「そんな訳ないでしょ!?」

「では、決まりですね――ああ、もうこんな時間ですか。さ、社長、帰る用意して上に向かいましょう」

そう言うや否や立ち上がった麻里は、玲華の手を引っ張って立たせると背中を押す。

「ちょ、ちょっと麻里ちゃん!?　待って、待ちなさ――」

玲華の抗議する声を無視して彼女を扉の奥へ押しやった麻里は、続いて部屋から出る際に大樹達へ振り返りざまに言った。

「すぐ参りますので、このままこちらでお待ちください」

それだけ告げると、バタンと扉が閉じられる。

綾瀬達が誘いに関して受けるか断るかについて最後まで口を挟む暇もなかったのに気づいたのは、その一分後のことであった。

# 第十三話　始まりは……。

「あれ……」

綾瀬達が呆気にとられていた中で、工藤がポツリと漏らした。

その声に夏木がハッとする。

「どした？　工藤くん」

「ああ、いや……えっと、俺達これから上にある？　寿司に行くってことっすか？　如月社長達と……」

「へ……？」

間の抜けた顔と声で返す夏木の様子は、明らかに状況を把握していないものだった。

「……行くって言ってないけど、行かないとも言ってないし……でも、さっきの感じだと、もう行くのは決定してるような雰囲気だったわね。どっちにしろ、断れる誘いじゃ無かったと思うけど……」

綾瀬が思案しながら返すと、工藤と夏木は揃ってあんぐりとし、そのまま綾瀬と共に彼らの先輩へと顔を向けた。

大樹は俯き気味に肩を震わせて、低い笑い声を漏らしていた。

「あのー、先輩……？」

夏木が呼びかけると、大樹は笑いを抑えて苦笑気味に顔を上げた。

「……ああ、どうした？」

「いや、どうしたも何も……本当に私達これから如月社長と……？」

自分で言いながら信じられないような夏木に、大樹は肩を竦めた。

「どうやら、そのようだな」

「お、おお……」

そう漏らしたのは一人だけでは無かった。

それも無理はない。先ほどまで話していた相手とはいえ、元は雑誌などで知った憧れの、綾瀬達にとっては芸能人に近い感覚の人なのだ。

そんな人とこれから食事を共にするということに、いまいち現実感が湧いてこない。

「あ、またなんかちょっと緊張してきたっす……」

「わ、私も……」

「……私も……」

工藤、夏木、綾瀬が口々に言うと、大樹は苦笑しながら首を横に振る。

「そう構えんでいいぞ。如月社長は食事中に細かいことを言うような人でないだろうし……面接中でもそれはわかっただろ？」

「そ、それは確かにそう思うっすけど……」

「う、うん……」

「ううん……何だろ、怖いとかじゃないんですよね……」

最後の綾瀬の言葉に共感するように、工藤と夏木がコクコクと頷くと、大樹は再び肩を竦めた。

「まあ、今日のところは、深く考えずにご馳走になればいい。さっきの四楓院さんとのやり取りは見ていただろ？　多分、お前達が思っている以上に気安い感じの人だぞ、如月社長は」

苦笑と共に告げられたその言葉に、綾瀬は同期の二人と顔を見合わせて言った。

「……なんか、面接の時とグッと雰囲気変わった感じだったよね、如月社長……？」

「ねえ。あの四楓院さん？　と一緒にいる時は、ああなのかな？　あんなすごい人に対してこう言うのもなんだけど、ちょっと可愛かった……」

「あ、俺も思ったっす……なんか面接の時と比べてギャップが……」

工藤に同意するように綾瀬が夏木と頷くと、大樹は思案げに眉間に皺を刻む。

「……まあ、そうだな。ああいうところも、あの人の魅力なんだろう。それより――」

大樹は綾瀬達三人を見ると、ふっと優しげに目を細めた。

「面接、お疲れさんだったな。途中からしか見ていないが、しっかり話せていたようで何よりだ。事前に考えていた訳でもない志望動機だったというのに、大したもんだと思うぞ」

そんな言葉を向けられて、体の奥底から充実感、達成感がどっと湧いてくるのを綾瀬は感じて、思わず頬が綻んでいく。

「ありがとうございます！」

友人二人も当然のように同じ気持ちだったようで、三人の声が重なる。

「それにしても工藤は思い切っていたな」

志望動機についてのことだろう。大樹が堪らないように苦笑を浮かべて告げると、工藤も同じような苦笑を滲ませて頬を掻いた。

「いやー……もう考えれば考えるほど、どツボにハマりそうだったんで、先輩から言われた通りに、本音をそのままぶつけてみたっす」

「ああ。あれで良かったんだ。適当に合わせたようなことを言っても、見抜かれただろうからな。志望動機といっても、如月社長が聞きたいのは、この会社で本当にやる気があるかどうかだしな」

「やっぱりっすか……」

ため息と共に工藤がボヤくと、綾瀬も同意を込めて頷いた。

「私も思った。でも、工藤くんがあそこまで思い切って言ってくれたから、私も穂香も続きやすかったよね？」

「うんうん。言うこと無くなったかもって思って焦ったけど」

「あ、それ話してる途中で俺も思って、ちょっと焦ったんすよね。悪かったよ、夏木」

「あっはは、ほんとそれ！　その辺も正直に言ったら、ああ言ってくれて同じこと話せたしね。本当助かったー！」

夏木の言葉を聞いた他の三人が噴き出す。

「——でも、先輩‼　やっぱり少しぐらいは事前情報欲しかったですよ‼」

一頻り笑ってから、夏木が思い出したように抗議すると、綾瀬、工藤も続いた。

「それ本当に思った……黙ってた理由は確かに納得いくものでしたが、それでも、何か少しでも昨日の内に教えてくれてもよかったんじゃ？　と何度も思いました……」

「まったくその通りっす。とんでもない美人が出てきたと思ったらいきなり如月社長だったし……」

そんな三人の恨みがましい言葉を受けて、大樹は片眉を吊り上げた。

「そうは言っても、お前達、昨日までの間に面接する人が如月社長と聞いたら、ちゃんと眠れたのか？　面接で何を言うか、とことんまで悩んだんじゃないか？」

「うっ——」

「面接の相手が如月社長という情報がなくとも、お前達の大本命である『SMARK'S SKRIMS』を三人揃って受けれるということを聞いて——今日まで緊張せずに過ごせたのか？」

「ううっ——」

まったくもって大樹の言う通りで、碌に言い返せない。

悔しげに呻く三人を見て、大樹はニヤッとした。

「それに今回のことで色々と度胸もついただろう。如月社長はおおらかで話をちゃんと聞いてくれる人だから、いざ始まれば然程の苦労は無かったと思うが、それでも急な対応力なんかは養えただろうし、いい経験になったんじゃねえか？」

「……それは、確かに……」

夏木と工藤が渋々納得するのを横目に、綾瀬は蓋をしていた疑念が膨張するのを感じた。

「先輩……もしかして……」

思わずジトっとした目を向けると、大樹はその意味するところを瞬時に理解したようで、僅かに目を瞠って、流石だなと言いたげに口端を吊り上げた。

「なんだ、綾瀬？」

その様から、綾瀬は疑念を確信に変えた。

大樹はやはりこの面接の結果を知っていたのだ。いや、正確には受かるとわかっていて、そのことも自分達に知らせず面接を受けさせたのだろう。

「……いえ、何でもありません……」

されど何を言ってもシラを切られるに違いないと悟った綾瀬は、追及するのをやめて、代わりに拗ねてますと意思表示するように唇を尖らせて、プイッと大樹から目を逸らした。

綾瀬にもわかっている。自分達の成長のために黙っていたということを。自分達に達成感を与えるためだったということを。

それでも文句の一つや二つ言いたくなるが、この本命の会社の内定を実質大樹の伝手だけによってもらった立場としては筋違いなのがわかっているから、それも出来ずこうしているのだ。

そんな綾瀬の態度に、大樹は苦笑することしか出来なかったようだ。

「……どうしたの、恵？」

大樹とのやり取りを見て不審に思った様子の夏木に問われて、綾瀬はため息を吐いて首を横に振った。

気づいてないのなら敢えて言うべきでもないだろう。

「？　……そういえば、先輩、聞きたかったんですけど……」

「なんだ？」

「あの、先輩って、如月社長とどういう関係なんですか……？」

夏木のその問いに、綾瀬はハッとして大樹へ視線を戻す。

「あ、俺も気になってたっす。なんかけっこう親しそうな気がしたんすけど……」

「そ、そうですよ！　一体どういう関係なんですか⁉」

綾瀬も追従すると、大樹は困ったように眉を寄せて頬をポリポリと掻いた。

「どういう関係と言われても――」

と、大樹が話そうとしたところで、部屋にノックの音が響き、扉が開かれる。

「――お待たせしました。準備が整いましたので、参りましょう」

麻里のその言葉によって、話は中断を余儀なくされ、綾瀬達は大樹と席を立ったのである。

◇◆◇◆◇◆◇

「こちらになります」

　麻里に案内されたその店は思っていた通りに、格式高そうな店だった。

　というよりも、この高層にあるフロア自体がそういった雰囲気を有していて、高そうな店が並んでいる。

　なのでこのような店に慣れていない後輩達は、エレベーターから降りた時点で、少し腰が引けていた。

　大樹はまだ先代の社長や先輩から似たような雰囲気の店に連れてもらったことがあったので、そうはなっていないが、久しぶりのことなので、少しだけ落ち着かない気分を覚えていた。

　そんなブラック企業勤務側の四人と違って、優良企業の社長とその秘書の二人は堂々とした足取りで店に入っていく。

「前にこのお店来たのいつだったっけ？」

「二ヶ月ほど前かと」

「ああ、ちょっと遅くなって帰りにお寿司食べたくなった時だったっけ？」

「はい、そういう意味でも手頃なお店ですよね」

　二人のセレブ感ある言葉のやりとりにギョッとしている後輩達へ、玲華が振り返った。

「さ、入って。美味しいのよ、このお店」

　気安いように呼びかけられ、親しみを感じさせる笑みも向けられて、後輩達は「は、はい」と返事をして後に続く。

恐縮する後輩達を見て、玲華は仕方なさそうに苦笑を浮かべるも、何も言わず前へ向いて足を進めていく。

（……ふむ）

そして今回も玲華は頑なに大樹と目を合わそうとしなかった。

ここに来るまでもそうだったのだ。帰る用意を終えた二人と共にここまで来る途中、玲華は彼女の視界に大樹が入っても、大樹に焦点が当たらないよう注意しているように見えたのだ。

その意図することがわかる大樹は何も突っ込まない。

恐らく先ほど麻里と二人きりになった時にでも改めて言われたのだろう。

今の状況は大樹が入社した時を想定した実験として最適だということに。

その対策として出たのが今の玲華の態度なのだろう。

（……ちょっと寂しい気もするが……）

実質いない者扱いされているので、大樹がそう思ってしまうのも無理ないと言えた。

だが、これはこれでなかなか面白いと思えた――マゾッ気という意味でなく。

自分を必死に見ようとしない玲華が面白可愛いのだ。

（……そう思ってるのは俺だけじゃないだろうな……）

先のやり取りを鑑みるに麻里は相当、玲華をおちょくることに慣れているように見えた。あしらうのも実に手慣れたものだった。

そんな彼女なので今の状況も恐らく楽しんでいることだろう。

後輩達の後に続きながら、先頭を歩く二人の美女の背中を見ながら大樹はそう予想していた。

店の中に入ると、店員へ麻里が名乗り、奥の個室に案内される。

（……こういう寿司屋じゃ、カウンターで直接注文して食うのが醍醐味なんだが……この人数だしな）

少し残念に思いながら個室に入ると、六人掛けのテーブルがあり、後輩達は率先して自ら下座へと腰かけていく。

玲華が上座の奥に座り、麻里がその隣に続くかと思ったところで――

「柳さん、どうぞ」

麻里に席を促される――玲華の隣の席を。

「ふぇ――？　え、麻里ちゃん？」

流石にすぐ隣ではボロを出しかねないと案じているのだろう。焦った顔で訴えるような声を出す玲華へ、麻里は無情に言った。

「後輩の彼らが対面にいることから柳さんが真ん中にいる方がいいでしょう――どうぞ」

最後は大樹に向けて告げる時の麻里の口端が吊り上がっている辺り、口にした以外の理由があるのは明白だった。

「――恐れ入ります」

会釈して大樹が座ると、途端に玲華が落ち着きを失くしたようにソワソワとし、若干目が泳ぎ出す。

そして、麻里が玲華とは反対側に腰かける。

それによって大樹は一見では玲華、麻里といった、そうお目にかかれないレベルの美女二人に挟まれることになった。

ふと顔を上げると、綾瀬、夏木の二人がジトっとした目を向けてきている。

「……なんだ、二人とも？」

「……なんでもありません」

「なんでもありませんよー」

そう返した二人の横で工藤は苦笑している。

大樹が首を傾げたところで、麻里が五人に向けて言った。

「注文はお任せのコースをお願いしてます。飲み物はどうされますか？」

「俺はビールを」

大樹が率先して言うと、後輩達も恐縮しながら「ビールでお願いします」と続き、最後に玲華も考える様子もなく口にした。

「私もビールでいいわ」

「では、最初は全員ビールにしますか」

頷いて麻里がそう宣言すると、店員を呼び注文を済ませた。

程なくしてジョッキが六つ届き、それぞれが手に取ると、玲華へ視線が集中する。

この場で乾杯の音頭を取るのはどう考えても、彼女だからだ。

玲華はチラッと横目で大樹を見たがすぐに逸らして、咳払いをする。

「ゴホンッ――えーと、それじゃ、みんな今日はお疲れ様でした、乾杯！」

「乾杯！」

ジョッキ同士がぶつかり、ゴツっとした音が打ち鳴らされる。

こうして、突然決まった飲み会は、始まりは至って普通に開始されたのであった。

# 第十四話　内なる獣

「う、美味っ……」

「あー、貝のお刺身がこんなに美味しいなんて」

「こんなに新鮮なお刺身、東京来てから初めてかも……」

工藤、夏木、綾瀬の後輩達が、まずはとテーブルに載せられた刺身の盛り合わせを食べて、ジーンと感動している。

大樹も久しぶりに食べる新鮮な刺身を噛みしめるように食べている。

「ふふっ、気になるものや、食べたいものあったら好きに頼んでいいからね」

微笑ましいといったように後輩達を見ていた玲華のその言葉に、後輩達が恐縮するように頭を下げる。

「でも……メニューが見当たらないような……？」

キョロキョロしながら夏木が首を傾げると、麻里が口の中のものを飲み込んで答える。

「このお店では、その日に仕入れた良いものそれだけを出すために、メニューが示されていないんですよ。たまにありますよ、こういうお店」

「そ、そうなんですか……」

「ええ。ですが、思い浮かぶ大抵のメニューには応えてくれると思いますよ。ですから、何でも頼んでみるといいですよ」

「は、はい……」

夏木は頷くと、ふとしたように大樹を見てから、クスリと微笑んだ。

「……なんだ、夏木？」

「いえ。なんか新鮮だなーと思いまして」

「？　何がだ？」

「あはは、だって、こういった飲み会の場で、さっきみたいなふとした疑問が出た時とかって、大体先輩が答えてくれてたじゃないですか？　それが今日は先輩以外の人が答えてくれたんですよね。それが何か違和感っていうか、面白く感じて」

どこか恥ずかしそうに頭を掻く夏木に、工藤と綾瀬が相槌を打った。

「ああ、なんの違和感かと思ったら……確かにそうっすね」

「……私、先輩が答えると思って無意識に先輩の方見てた」

「……お前達もか」

大樹はどういったものかと眉を寄せた。

これは後輩達が入社してから、大樹以外に頼る者がいなかったということを、如実に示していると言えるだろう。

それが嫌という訳ではないが、そのことが秘める危うさに大樹は今更ながらに気づかされたのだ。

(……だが、年が明けたらこれも変わる、か……)

来年になれば転職も済み、彼らの環境は劇的に改善されるだろう。

改めて大樹は後輩達の転職が決まったことに、安堵の息を吐いてしまった。

そんな大樹の心境を察したのだろう、複雑な目で後輩達を見ていた玲華と麻里が対面に座る後輩達に聞こえないよう大樹へ囁いた。

「安心なさい。もう心配いらないから」

「大丈夫、全然間に合いますよ」

そんな頼もしすぎる二人の声を聞いて、思わず大樹は肩の力が抜けるのを感じながら苦笑を浮かべた。

(……俺もまだまだだな……)

さりげなく会釈して二人へ感謝を示す。

「……どうかしたんですか、先輩?」

小首を傾げる夏木に、大樹は「いや」と首を横に振ると、話を逸らすように麻里が口を開いた。

「綾瀬さん、夏木さん、工藤さんの三人はずっと柳さんに指導されながら仕事をしていたと聞いてますが、仕事の最中の雰囲気とか聞いてもいいですか?」

「仕事の時の――」

「雰囲気ですか……」

夏木の続きを綾瀬が口にしてから、三人は少し考えてから口を開く。

「もう大体アレっすよね？　黙々とキーボード叩いてるっていうか……」

「まあ、集中してるから大体そうよね……」

「あ、たまにゴミ課長とか、邪魔しかしない上司の愚痴とか混じったりね」

最後の夏木の言葉に、麻里は眉を怪訝にひそめる。

「邪魔しかしない……ですか？」

「そうなんですよ！　あの人達、顔見せたと思ったら聞いてもない自慢話なんかしてきて！」

「あれ、うざいっすよねー。パチンコでいくら勝ったとか、どうでもいいってのに」

「ねえ。それにこっちが残業続きで毎日遅くまで働いてるのに、昨日はどこそこに飲みに行ったとか、何でそっちはそんなヒマがあんのよって、怒鳴りそうになるの抑えるので必死よね」

「恵はその上に、隙あらば肩や腰触られたりでセクハラされるし、大変だよね」

「あれはひどいっすね」

「ああ、もうやめて。思い出すだけで気持ち悪くなるんだから」

「あ、ごめんごめん」

「でも、あのセクハラ連中を追い返す先輩見てスカッとするんすよね」

「あっはは、確かに！」

「もう、そっちは見てるだけだからいいわよね。でも……スカッとするのは心から思うわ！」

「綾瀬が言うと、実感が半端ないっすね」

あっはっはと笑い合う後輩達。よく見ると、いつもよりハイペースで飲んでいたようで、そこそこ酔っているようだ。

麻里は後輩達のあまりな話を聞いた故か、最初は頬を引き攣らせていたが、次第に興味深そうに耳を傾け、また質問を交えて後輩達から色々話を聞き出している。

(……思っていた以上に、話上手、というか聞き上手だな)

気づけば、酔いのせいもあるだろうが、後輩達は恐縮した様子もなく麻里と話をしている。

麻里は玲華のような親近感を抱かせる雰囲気を出している訳ではなく、それとなく相手のしたい話を誘導させて打ち解けていっている。

それを話術の一つとして駆使しているように見える。

(社長秘書筆頭、か……伊達じゃねえな)

玲華も同様であるが、底が見えない。

色んな意味で、敵に回したくない人だと大樹は思った。

(そりゃ、会社も大きくなるな……)

秘書では役不足ではないか、そう思わせるような人物が、カリスマの塊たる玲華を完璧に裏から支えているのだろう。『SMARK'S SKRIMS』の躍進に麻里は必要不可欠な存在であったはずだ。

今日会ってからのことから、大樹は麻里をそのように分析した。早計かもしれないが、概ね間違っていないだろう。

そんなことを考えながら大樹は、先ほどテーブルに運ばれたばかりの寿司を頬張った。

「むう……」

思わず唸ってしまった。

（入った時に見た親父さんの佇まいから予想していたが、これは期待以上……！）

ネタの新鮮さは言うに及ばず、シャリの味と握りが正に絶妙。

口の中に入れたら絶妙な酢飯がネタの旨みを優しく解し、最後はハラリと崩れて喉の通りを邪魔しない握り加減。

「うーむ……いい腕だ……」

つい、しみじみと口にすると、横から肘で突かれた。

「ね、ここのお寿司、美味しいでしょ？」

玲華が小声で悪戯っぽく笑って見上げてきた。

ここに来るまで迂闊なことをしないようにと、大樹を視界に入れないようしていたのに何故と思ったが、すぐ理解に至る。

後輩達の注意が完全に麻里へ向いているからだ。

この状況なら、と話しかけてきたのだろう。

「ええ、美味いです。ここの親父さんは見事な腕をお持ちですね」

大樹も声を抑えて玲華に返事をする。

「ね、いい仕事するでしょ。お値段も手頃なのよね、ここ」

玲華の手頃と大樹の手頃ではかなり違うと思うが、そこは突っ込まない。

「よく来られるんですか？」

「言ってもたまに、かな。あ、お昼に会社の子連れて来る時もあるわよ」

「ああ、ランチタイムですか」

「そう。メニューは限られてるけど、美味しいのよね」

「ここなら、さぞ美味いものを出すでしょう」

「大樹くんも、うちに入ったらいつでもいけるわよ？」

楽しげにそう囁く玲華はちょっと上機嫌に見え、今日ようやく大樹にとってのいつもの玲華を見られた気がして、大樹の頬が綻んだ。

「ですね。その時の楽しみにしておきます」

「ええ――ふふっ」

どこか意味深に微笑んだ玲華に、大樹は首を傾げた。

「どうしました？」

「ああ。ふと思ったんだけどね、こうやって外で食事するのって初めてじゃない？」

そう言われて大樹は考えてみた。

（……言われてみれば確かに……映画館での飲食はノーカンとしたら――）

「……確かにそうですね」

「ね。会ってから何度か食事したことあるのに、外でこうやって食べるのはこれが初めてだなんてって思うと、なんかおかしくって」

そう、大樹と玲華は食事を通して仲を深めたようなところがあるが、外食はしたことがないのだ。

なのに初めての外食が、このような場になったのだ。おかしみを覚えても仕方ないだろう。

「確かに」

クっと大樹は頬を吊り上げて、玲華と笑い合った。

「ふふ、なんでも好きなの頼んでいいからね。お寿司やお刺身以外の一品も美味しいし」

「ええ、ありがとうございます。ご馳走になります」

軽く頭を下げると、玲華は笑って大樹の肩を叩いた。

「もう、そんな他人行儀いらないわよ！」

一瞬ドキリとする。玲華のボディタッチに対してではない、後輩達が今のを見てたかにだ。

横目で窺うと、こちらを気にした様子は無い。酔いもあるのだろうが、それだけ麻里と話すのに集中してしまっているのだろう。

ホッと安堵の息を吐いていると、玲華が小首を傾げた。

「どうしたのよ、大樹くん？」

「いえ、別に……」

言いながら大樹は、玲華の顔がそこそこ赤くなってるのに気づいた。

（……これぐらいは、いつもと同じぐらい――いや、いつもより赤い、か……？）

普段、玲華は酒癖が悪いと言っているために、大樹と食事をする際には最初のグラス一杯、もしくは二杯ぐらいしか飲まないようにしている。が、今飲んでいるのはジョッキである。それをもう既に半分以上空けているということは、大樹が知る中では一番飲んでいると言えるだろう。

実態は知らないが、今の様子からはまだ話していた酒癖が出るほどではなさそうだ。が、多少、大胆になっていると思われる。ここに来るまで気にしていた後輩達のことを今はあまり意識してないのがその証左だろう。

その上、目が潤んで少しトロンとしていて――

（か、可愛いな……）

ここまでアルコールが回った玲華を目にしたことのない大樹は、普段とはまた違う魅力を放つ玲華の姿に息を呑んだ。

「なーに、どーしたのよ、ふふ」

僅かであるが、普段より間延びしたような声。

（……ちょっと、頭の回転が鈍くなってる……か？）

それならばまだ普通に酔ってる状態と言えるだろう。

「いえ……刺身美味いですね」

とりあえずこれ以上は飲まないよう注意すれば大丈夫だろうと大樹は判断して、刺身を頬張った。

「ふふん、そうでしょうそうでしょう」

うんうんと頷く玲華から、大樹は彼女の内なる獣《ポンコツ》が起き上がるのを感じ取った。

チラと後輩達の様子を窺うと、まだ大丈夫そうだ。

「ええ。しかし……こう美味い刺身食うと、釣りに行きたくなってきましたよ」

「？　……え？　大樹くんって、釣りするの？」

パチパチと瞬かせた目を丸くする玲華に、大樹は頷いた。

「ええ。会社がブラック化する前は、の話ですが」

「ああ……今は行きたくても行けないってことなのね」

「そうです。ジムと同じくで」

無念なことこの上ないと大樹はため息を吐く。

「ねえ、釣り行ってお魚釣ったらやっぱり自分で捌いて食べるの？」

「そりゃ、そうでしょう」

「……洋食屋でもお魚捌くの覚えるもんなの？」

「多少はありますが……洋食屋関係なく、日本に住む料理人なら魚は捌けた方がいいでしょう？」

「あ、それもそうね……」

納得したと頷く玲華に、大樹は続けて言う。

「それに釣り行った時ですが、釣ったその場で捌いて昼飯にする時だってありますよ」

「へー……そ、それってすごく贅沢なんじゃ……」

「ええ、特に美味かったのが……イカですかね。釣った時なんかはササっと捌いてイカそうめんにしてすすったり」

「うっ……」

ゴク、と玲華の喉が鳴る。

「知ってます？　イカって本来は透明なんですよ。あの白さは締めてから出るもんでしてね。なので、締めたばかりだと、透明なんですよ」

「あ、確かに、そういうお店あった……」

「ええ、ありますね。でも、海の傍で食うのはまた格別ですよ」

「ううっ……ね、ねえ、大樹くん、今度、私も釣り連れてってほしいな……」

今にもよだれを垂らしそうな顔だったので、そう言うのは予想出来ていたが思わず苦笑してしまう。

「構いませんよ。勿論、今の会社を辞めてからの話になりますが」

だが、この後の玲華の行動は少し予想から外れていた。

「やったー！　すごく楽しみ！　ありがとう、大樹くん‼」

手を挙げて喜んだかと思えば、その勢いで大樹の腕に抱き着いてきたのだ。

その瞬間、騒がしかった場が静まり返る。

後輩達が揃って信じられないと言わんばかりにあんぐりとしている。

麻里は口に手を当て、大樹達に顔を背けて肩を震わせている。

「せ、先輩……如月社長と仲良いんっすね……」

「え、ちょっと、先輩――」

「――どういうことですか……？」

恐れ入ったような工藤から、引き攣った顔になった夏木と綾瀬が続いた。

ここで玲華がハッとして、大樹から離れる。

「ち、違うのよ、これは――⁉」

なんて言いながらあたふたしている様には、社長の威厳なんてものはまるで無くて――

「ん……？」

綾瀬が何かに気づいたような声を出して、マジマジと玲華を見始めた。

「え、どったの、恵……」

「え、うん、何か……何だろ……今日ずっとあった違和感……いえ、既視感――？」

「ええと、ほら、今のはつい、ってね？　あ、あるじゃない？　つい抱きついちゃうことって――」

手をパタパタと動かしながら言い訳をする玲華を、小首を傾げて見ていた綾瀬は突然、天啓が降りたかのようにハッとなった。

「あ、ああ……――」

そう言いながら、綾瀬は相手が誰かを忘れてしまったかのようにゆっくりとした動作で玲華を指差した。

「ちょ、ちょっと、恵、何してんの⁉」

親友の夏木が慌ててそれを止めようと伸ばした手を、反対に綾瀬が掴んだ。

「ほ、穂香！　あ、あの女の人よ――‼」

「――はい？　え、何……？」

戸惑う夏木に、綾瀬はクワッと目を開いた。

「先輩の――！　スマホの待ち受けのあの女の人――‼」

そう叫んで再び、だが今度はビシッと玲華を指差した。

そこでギクッと肩を揺らしたのは、大樹だけでなく玲華もだった。

（雰囲気も髪型も違うから気づかないかと思ってたが……）

綾瀬達に見られたスマホの待ち受けでの玲華は完全にプライベートモードの姿で、髪型や化粧など、今日面接をしていた玲華のものとは違っており、加えて言うなら雰囲気はもっと違う。

面接の間に気づかれた様子が無かったことから、これなら以降も気づかれないかと、女性の場に合わせるような変貌ぶりに感心していた大樹だったが――

（……そういえば、今ポンコツだった……）

その内の一つが剥がれてしまったことにより、色々と鋭い綾瀬についに気づかれてしまったようだ。

「へ……？」

夏木がゆっくりと振り向き、先ほどの綾瀬と同じように、何故と言いたげに目を丸くしている玲華をマジマジと見つめ――

「ああー!?　あの泥棒猫――!?」

そう叫んで立ち上がりながら、これまた綾瀬と同じくビシッと玲華を指差したのであった。

◇◆◇◆◇◆◇

――ブフッ

そんな噴き出す音が隣から聞こえて、大樹は目をやった。

「……四楓院さん……」

顔を背けていた麻里は肩を震わせていたが、大樹が呼びかけるとすぐに振り返った。

「……何ですか、柳さん？」

澄ました顔でしれっと言われて、大樹はため息を吐いた。

「……いえ、何も……」

「そうですか――夏木さん？　人を指差すのはどうかと思いますよ。ましてや、応募先の会社の社長相手になんて」

玲華を指差していた夏木は、ハッとして手を降ろして、すぐさま頭を下げた。

「し、失礼しました――！」

「も、申し訳ありませんでした――！」

同じことをしていた綾瀬も一緒に頭を下げる。

「い、いえ、つ、次からは気を付けて――ね？」

玲華が引き攣った顔で、いかにも無理したような笑みを返した。

どうやら先ほどの『泥棒猫』発言は聞かなかったことにするようだ。

「は、はい……」

返事をしながら夏木は座り直し、隣にいる綾瀬は居住まいを正した。

そして場がしんと静まる。

「コホンッ――そ、そろそろ、お会計しましょうか」

咳払いをして、何気ないように玲華が提案して、店員を呼ぶためにそろそろと手を挙げようとした。

「ちょ、ちょっと待ってください‼」

当然のように夏木が止めに入り、玲華の肩がビクッと揺れて手が止まる。

「そうです。ちょっと待ってくださいませんか、如月社長――？」

綾瀬も夏木に追従し、玲華へ刺すような視線を向けた。

「え、えーと……な、何かしら……？」

冷や汗を流して盛大に目を泳がせる玲華に、夏木と綾瀬は揃って獲物を見るような目をする。

「私達の先輩と随分、親密な様子でしたが――」

「――一体、どういう関係なんでしょうか……？」

二人から鋭い視線を向けられた玲華は、たじろいだように身を引き、引き攣った笑みを浮かべた。

「そ、そんな、どういう関係って言われてもーーねえ？」

最後は大樹へと向けられたもので、目で「どうしよう」と訴えていた。

しかしながら、それは悪手であろう。

「……少なくともアイコンタクトが出来る仲なんですね……」

綾瀬が唸るようにボソッと呟くと、玲華はビクッと肩を揺らした。

（……動揺し過ぎじゃねえか……？）

どうにもポンコツモードから抜け出せないかのように見える玲華に、大樹は内心でため息を吐いた。

「え、えーっと……そうね、関係ね……えーっと……な、何なのかしらね？　あははっ……」

まごつき言い淀み、遂には誤魔化すような笑みを浮かべる玲華に、綾瀬と夏木はジトっとした目を向ける。

「あ、あはは……」

冷や汗を流しながら玲華はそんな笑みを返すだけしか出来ないようだ。

すると夏木は業を煮やしたように大樹へと矛先を変える。

「先輩！　どういうことなんですか⁉　如月社長と、どういう関係なんですか⁉」

「そうです。随分、気安い関係のように見えましたけど？」

二人からいつにない迫力を感じた大樹は、のけぞりそうになった。

「あー……なんだ、もう少し落ち着かんか、お前ら。今、お前達の目の前にいるのは、『SMARK'S SKRIMS』の代表取締役なんだぞ」

先ほど麻里が意識させていたが、大樹ももう一度言って、再度意識を改めさせる。

これは後輩二人に言っているのと同時に、玲華に向けているものでもある。

多少なり社長の時のような雰囲気に戻ってもらいたいという願いを込めてだ——どれだけ効果があるかは謎であるが。

すると、多少は効果を及ぼしたのか、夏木と綾瀬は一瞬口を噤んだが——

「そ、それはそうかもしれませんが……でも、それとこれとは別です‼」

「そ、そうです、別問題ですよ‼」

寧ろ勢いを強くさせたような気がして、大樹は戸惑ってしまった。

「それにさっきもそうでしたし、スマホのあの待ち受け写真でも先輩に抱き着いてたじゃないですか‼」

「そうです、あの写真の人が如月社長だなんて、なんで黙ってたんですか⁉」

「第一、先輩がなんで如月社長とそんなに親密になってるんですか⁉」

「そうです、正にそこです！　本当にいつの間に……！」

相手が社長でなく大樹相手ならと遠慮のない後輩達である。

「だ、だから、ちょっと落ち着かんか、お前ら……」

覚えがないほど烈火の如くな勢いで責め立ててくる二人に、大樹は冷や汗を流した。

「じゃあ、話してくださいよ！」

「そうです、いつの間に如月社長のような人とそんな親密に……!?」

更に騒然としていく二人を見かねたように工藤が割って入る。

「ちょ、ちょっと落ち着いたらどうっすか、夏木も綾瀬も……」

すると、二人はギロリと工藤を睨んで冷たく言い放った。

「工藤くんは黙ってて」

ピッタリと揃ったその声に、工藤はヒクっと頬を引き攣らせた。

「は、はい……」

そして縮こまるようにして、工藤は撤退と言わんばかりにモソモソと箸を動かして食事を再開する。

この様子だと、綾瀬も夏木も何も聞かないままでは治まらないかと見た大樹は話すことにした。

「あー、わかった。話すから落ち着け、二人共……」

「大樹くん――!?」

諦めのため息を吐いてのその言葉に、玲華が驚いた顔になるが、その呼びかけに綾瀬と夏木が悔しそうに「また名前呼び……」と反応しているのを見て、首を縮めた。

「と、とにかく話してくれるんですね⁉」

「今度はぐらかさないでくださいよ、先輩！」

嚙みつかんばかりな勢いの二人に、大樹は内心冷や汗を流す思いだった。

「ああ、わかったから。そもそもは、俺が夜遅くに電車を降りた時で――」

そこで、階段から転落する玲華を助けたことを話した。

「――その後に、如月社長のマンションの前でまた会って――」

そして玲華の鞄から散らばったものを拾ったことを話す。

だが、大樹は心配させたくないという気持ちから、その後に自分が倒れて介抱してもらったことは話さなかった。

「その時にお互いに家が近いことを知って、その日を切っ掛けに話す機会が増えて――」

どこで会っていたかについては詳細は話さず、顔を合わせて話すようになったと伝える。

「――そして、如月さんが社長なんて役職についてるのを知ってから、俺が色々相談に乗ってもらってだな――」

玲華がチラチラと横目で窺ってくるのを尻目に大樹は淡々と話す。

「そして転職のことを相談していたら、それならばうちに来ないかと誘ってくれてな。断る理由もない上に、ありがた過ぎる話だったからお受けした訳だ。その前にお前達から、『SMARK'S SKRIMS』が一番の本命だったと聞いていたから、お前達のことも受け入れてくれないかとお願いして、今日の面接になった訳だ」

大樹はそう締めくくった。

嘘は吐いていない。話してないことがあるだけだ。

話していないことは、何度も家に行っていることや、泊まったことなどだ。

週末から同居の予定だが、まだ先の話なので話す必要もないだろうし、玲華に惚れていることなど、本人にも伝えていないことだし、こんな場でわざわざ話すようなことでもないはずだ。

そして聞き終えた後輩達はというと、工藤は尊敬するような目を向けてきて、綾瀬と夏木は何やら深刻そうな顔つきだ。

玲華は何故か、ほうほうと感心したような顔をしている。

麻里は一人落ち着いた様子でお茶を飲んでいる。恐らくは玲華から大体のことは聞いていたのだろう。

「……そういう、ことですか」

「……ぐぬぬ……い、いつの間に……」

綾瀬と夏木が悔しそうに歯噛みしている。

「……ですが、先輩。どうにもまだ話してないことがある気がするんですが……？」

綾瀬に鋭く指摘され、流石だなと大樹は苦笑する。

「そりゃあな。俺にも如月社長にもプライベートというものがある。それを全て話せなどと流石に言わんだろう……？」

そう言うと、綾瀬は眉を寄せてから拗ねたように唇を尖らせた。

「……ズルいです。そう言われたら、これ以上聞けないじゃないですか……」

彼女にしては珍しい表情を見せられて、大樹は苦笑を深めた。

「まあ、そう言うな……で、俺が如月さんと親しくなったのは家が近かったからということだし、内定をもらっていたのも、そしてお前達が今日面接になったのもそういう訳だ……納得できたか？」

そう言うと、綾瀬と夏木は不承不承といったように頷いた。

「わかりました……」

「わかりました。が……」

夏木と綾瀬は顔を見合わせてから、揃って玲華に目を向けた。

「如月社長にお聞きしたいのですが……」

綾瀬がそう切り出すと、玲華はビクッと肩を震わせた。

「な、何かしら――？」

「……先輩のスマホの待ち受けが如月社長と映っている写真になっていた件です」

「ああ……そ、それがどうかしたのかしら……？」

キリっとしている綾瀬に対し、どこか虚勢を張るかのような玲華の様子では、どっちが社長かわからなくなりそうだ。

「あの写真が待ち受けになったのは、先輩が言うには罰ゲームみたいな形で如月社長からそうするように言われたからだとおっしゃってましたが、事実ですか……？」

嘘は見逃さないと言わんばかりに見据える綾瀬に対し、玲華はスッと背筋を伸ばして雰囲気を変えた。

「そうね。その通りよ」

「あれは――そういう意図だと解釈して間違ってないんでしょうか……？」

大樹にはどの意図かわからないが、玲華には悟るものがあったようだ。

「ええ、その解釈で間違ってないわ」

綾瀬を見据えてしっかりと頷くと、綾瀬と夏木は悔し気な顔をして唸った。

「……うう、なんだって、こんな人が……」

「と、トンビに油揚げ……」

弱々しく呟いてから、二人はキッと玲華へ刺すような視線を向けた。

威嚇するように呼ばれた玲華は、ビクッと肩を震わせた。

「如月社長!!」

「な、なにかしら……？」

持ち直した威厳が崩れかけてるような玲華の反応だが、二人は気にした様子もなく口を開く。

「このまま入社出来るのかはわからないですけれど、社長とその社員だからって、これは関係ないですからね！」

「ええ、如月社長のことは尊敬していますが、それとこれとは別問題ですので」

そんな夏木と綾瀬、二人の宣言に、玲華はキョトンとした末に、徐々に雰囲気を変えて不敵に笑った。

「ええ、勿論。社長だからって、あなた達にこの件に関して何も言うつもりは無いわ」

「……その言葉、忘れないでくださいよ」

「ええ」

バックに炎を背負ってるかのような綾瀬、夏木に対し、玲華は不敵に微笑み返した。

三人が妙な雰囲気になっているが、ひとまずは落ち着いたようだと大樹はホッとする。

そんな中で、今まで黙って成り行きを見ていた麻里が「コホンッ」と注意を引いた。

「盛り上がってきた中で失礼します……柳さんの後輩の方達にお聞きしたいのですが」

突然の麻里の質問に後輩達は顔を見合わせ、麻里へ頷いた。

「はい。柳さんが入社する経緯は理解されたようですが……あなた達は、どう思われましたか？　社長が柳さんを誘ったのはうちの会社でやっていくに十分な能力があると見込んだからか——もしくは、親しいからだけなのか、と」

そんな問いに対して、後輩達は揃って苛立ったような顔を見せた。

「そんなの能力があるからに決まってるじゃないっすか」

「……両方とも取れますが、先輩の能力を少しでも知れば経営者の方なら誘って当然だと思います」

「そうです！　先輩ならどこの大企業だってやっていけますよ！」

ムキになったように答えた後輩達に、麻里は徐に頷いた。

「けっこう。柳さんの下で働いていたあなた達なら、そう考えて然るべきでしょう。ですが、柳さんの能力を知らない人達なら？　更に知らない人達が、入社する前から柳さんと社長が親密だったと知ったりしたら？　さて、どう思われるでしょう——？」

麻里の問いかけに一番に反応したのは綾瀬だった。

「——っ……先輩に対して穿った見方が広がるということですか？」

その言葉に麻里は微笑を、工藤と夏木は「ああ……」と理解の色を顔に浮かべた。

「ええ。だけでなく、社長に対しても不審な目が集まることは否めないかと思われます。ですので——」

そこまで言ったところで、綾瀬は食い気味に答えた。

「わかりました。先輩と如月社長のことは黙ってます」

「——ご理解いただけて助かります。おかげで無闇に不審がられることも無いでしょう——社長も柳さんも」

ペコと頭を下げる麻里に大樹も続いた。

「すまんな、みんな。俺だけならともかく、如月社長に迷惑をかけたくなくてな」

「いえ。そんな、当然のことです。ね、二人共？」

綾瀬が呼びかけると、工藤も夏木も当然とばかりに頷いて返す。

「えーっと……そ、そういうことだから、よ——よろしく、ね？」

どこか気まずそうな笑みを浮かべた玲華もそう言うと、綾瀬と夏木の二人は不承不承に頷いた。

「……はい。ですが、如月社長もウッカリが無いよう気を付けてください……よくよく考えたら、今日何度かそういう場面があったような……」

「……あ、そっか。あれは最初は隠そうとしてたけど、ウッカリして出しちゃってたってやつ……？」

綾瀬のもっともな指摘と思い出しながらの夏木の言葉に、玲華はギクリと肩を揺らした。

「あ、あれは本当ついウッカリってやつよ……ふ、普段はそんなこと無いのよ？　お、オホホホ……」

明らかに誤魔化すような笑いをする玲華に、綾瀬と夏木は疑わし気な目を向ける。

「……あ、もしかして、そういうことですか、四楓院さん……？」

何かに気づいたような綾瀬に、麻里は頷いて返した。

「はい。お察しの通りかと思います」

「ほ、本当にそういうことだなんて……」

頭痛がするかのように額に手を当てて、苦虫を噛み潰したような綾瀬に、夏木と工藤が首を傾げる。

「え、何、どういうこと、恵？」

「ちょっと訳わかんねえんすけど……」

「あー、うん。後で話すから……」

綾瀬はチラと玲華を見てから、二人に答えた。

（……玲華さんのポンコツぶりに気づいたか）

綾瀬の気づきを見て、大樹も麻里のこの飲み会の狙いを察した。

玲華のポンコツ具合を見せて察せさせて、この三人を味方につけるためなのだと。

（親睦を深めるのも労うのも本当なんだろうが……）

大樹は麻里の考えの深さに呆れながら舌を巻いた。

（……絶対に敵に回さないようにしねえとな……）

今のところ大樹の中では、ほどほどに好感触だが、そうでなくなった時が恐ろしいと心底思わされた。

「えっと……麻里ちゃん？」

どういうこと？　と言いたげな玲華に対し、麻里はそっけなく返した。

「社長は知らなくて問題ありません」

「え、えー……？」

「うちに入るかもしれない子の前ですよ。そんな声出さない」

「は、はーい……」

不貞腐れたような玲華の返事の後に、大樹はその一瞬を横目で見た——麻里の頬がふっと緩んで微笑むのを。

（……この人、相当玲華さんのこと好きだな……）

それがわかったことで、どこかほっこりとした大樹は、ジョッキに残っていたビールを飲みほした。

綾瀬が玲華を見て仕方なさそうに首を振り、それを不思議そうに見ている夏木。

そんな二人の横で顔を赤くした工藤が寿司を頬張りながらポツリと呟いた。

「先輩、マジぱねえっす……」

# 第十五話　変わっていくこと、変わらないこと

「ん……？　あ、ちょっとすみません。メール確認します」

工藤はそう言うと箸を置いて、スマホをポケットから抜き出した。

面接の日から明けて二日目である金曜の昼休み、大樹は今週二度目となる後輩と一緒のランチを過ごしていた。

「あ……」

「すみません、私も……」

工藤がスマホに目を落とすと同時、夏木を綾瀬も箸を置いてスマホを取り出した。

（来たか……）

大樹が今日再び後輩達をランチに誘い、会社から少し離れたこの店に来たのはこのためだ。

「うっし――‼」

工藤が心底嬉しそうにガッツポーズを取るのを見て、大樹は口端を吊り上げた。

「先輩っ――！」

スマホから目を上げて呼びかけてくる工藤へ、大樹は被せるように言った。

「工藤、声は抑えるようにな。誰が聞いてるかわからんしな」

すると工藤は慌てたように口を手で押さえて、横目で周囲を窺ってから、抑えた声に溢れん

ばかりの喜びを滲ませて囁くように言った。

「やったっす、先輩。受かりました……！」

「『SMARK'S SKRIMS』だな？」

「そうっす‼」

「そうか、おめでとう。工藤」

大樹が頬を緩ませて返すと、工藤は抑えきれない喜びを爆発させるように両拳を握って再びガッツポーズを取った。

「おおおっし――‼」

「やったあ‼」

そして同時にスマホに目を落としていた夏木も歓声を上げる。

「先輩先輩！　私――」

大きな声を出そうとする夏木に、大樹は苦笑しながら遮った。

「夏木、声を抑えてな」

「――あ、はい……先輩、やりました‼　私受かりました‼」

向かいに座る夏木が満面の笑みを浮かべているのを見て、大樹もつられて微笑む。

「ああ、おめでとう、夏木」

「くうっ～……！　やったあ、嬉しい‼」

湧き上がる喜びを噛みしめるように唸ってから、夏木は再び歓声を爆発させる。

「夏木も受かったっすか？」

「も、って、じゃあ、工藤くんも⁉」

どうやら夏木は自分への通知メールに夢中で、工藤が大樹に報告していたことは耳に入ってなかったようだ。

「そうっすよ」

「おおー！」

そこで二人は同時に手を挙げて、パチンとハイタッチを鳴らした。

「いえーい！」

「おおっしー！」

「それじゃ、私達が合格出来たのなら――！」

夏木がそう言うと、工藤と一緒に期待に満ちた目を大樹の隣に座る綾瀬へ向ける。

「……」

二人の視線に反応せず、綾瀬はスマホに目を落としたまま放心したようにあんぐりと口を開いていた。

「？　どうした、綾瀬」

大樹が呼びかけると、綾瀬はハッとして顔を上げる。

「あ、はい。何でしょう……？」

「何でしょう、じゃないわよ！　恵も受かったんだよね⁉」

「え？　あ、う、うん……ってことは、二人も……？」

「そうよ！　じゃあ、これで三人共！　あ、ううん、ここにいる四人共ね‼」

「おお……まさかとは思ってたけど、本当に四人で同じとこに移れるなんて……」

「ねえ⁉　夢みたい‼」

「てか、年収がけっこう上がってんすけど！」

「あ、工藤くんも⁉　私も‼」

夏木と工藤が二人で盛り上がる中、大樹は呆然としたままの綾瀬が気になって声をかける。

「綾瀬……？　どうかしたのか？」

「あ、えっと……ちょ、ちょっと驚くことが書いてあったので……」

動揺したように目を泳がす綾瀬に、大樹は首を傾げる。

「……なんだ？　何か納得いかない雇用条件でも記載されていたのか？」

「えっと……そうではなくてですね……先輩なら、いいか。ちょっと見てください……」

そう言って綾瀬はスマホの画面を大樹に見えるように向ける。

そこに見えた画面の真ん中に記載されている一文に、大樹は目を丸くした。

「……なるほどな」

そして噴き出し気味に苦笑する。

「……お、多過ぎませんか、この年収……？」

恐れ慄いたように綾瀬が言った通り、雇用条件として掲示された綾瀬の年収は今と比べたら相当にアップしているだろう。

というより、大樹自身も驚かずにいられなかった大樹が提示された年収とそう大差ない。大樹のより僅かに低いぐらいなのだ。

「いや、お前ならそれぐらいが妥当だろう」

麻里は綾瀬の能力を把握しているのだろう。大樹のことを調べた際に気づいたに違いない。

大樹自身も綾瀬の有能さはよくわかっている上に、将来性という点を鑑みても納得の評価額だ。

「そ、そうでしょうか……？」

「ああ。向こうはそれだけお前のことを評価してくれてるんだ。自信持て」

そう言って肩をポンと叩くと、綾瀬は俯かせていた顔を上げる。

「はい……！　ありがとうございます！」

自分を奮い立たせるように力強く言った綾瀬に、大樹は頷いて返した。

「はい、恵！」

「綾瀬」

夏木と工藤の二人が片手を上げているのに、綾瀬は両手を上げて二人同時にハイタッチして返す。

「やったわね、二人共！」

「ああ」

「また同期でいられるね！」

そう言って喜び合う三人を見て、大樹は緩む頬に苦笑を滲ませた。

(この三人は本当に互いに助け合ってきたからな……)

初めから仲が良かった訳ではなかった。しかし、環境的にそうも言っていられず、三人は徐々に結束を強め、次第に長年一緒にいたかのように仲が良くなっていった。

(……まあ、残業してた時間など考えると、それも当たり前かもしれんな……)

休日出勤も含めると、三人が入ってからの一年半と少し、顔を合わせてない時間の方が少なかっただろう。

そんな三人が、来年からはちゃんとした環境と、ちゃんとした上司の元で伸び伸びと一緒に仕事が出来るのだ。喜びも一入《ひとしお》だろう。

「……あ、そうだ、先輩」

綾瀬が思い出したように声を出した。

「何だ？」

「もしかして、今日ランチしに外へ出ようと言ったのは、私達にこの通知が来ること知ってたからですか……？」

流石に気づいたかと、大樹は苦笑する。

「ああ、そうだ」

「そうですか……それは誰から聞いたんでしょう……？」

探るような目を向けてくる綾瀬と夏木に、大樹は何故だか冷や汗が出た。

「……四楓院さんだが……？」

そう答えると、二人から感じていたプレッシャーが弱まった。

「ああ、そうですか」

「あの人、すっごい仕事出来そうな感じの人だったよねー。てか、実際出来るんだろうなー」

呑気に言い合う二人に、工藤は頬を引き攣らせている。

「……そ、そういや、ゴミ課長、なんか言ってくるかと思ったんすけど、何もないっすね」

工藤が変えた話題に、綾瀬と夏木も乗ってきた。

「そうね。木曜に行ったら絶対うるさくなるかと思ってたけど……」

「ねえ。まあ、うるさくないのならいいけどさ」

その点については大樹も気になっていた。

以前に大樹が思いっきり五味を怒鳴ってから少し大人しくなっているが、それも束の間のことだろうと大樹は予想していたのだ。

それが面接の日に残業せずに帰ったことで再燃するかと思いきや、何も言ってこない。

ハッキリ言って不気味だった。

（……改めて、会社の状況の悪さに気づいて真面目に……？　いや、まさかな。あのゴミに限って……）

五味のあの腐った性根が、そうそうマシになるとも思えず、大樹も不審を覚えていた。

「……まあ、考えても仕方ないだろう。一応は大人しくしてくれているのだから」

大樹がそう言うと後輩達は「それもそうですね」と返す。

「あ、そうだ、先輩。辞める日って前に言っていた通り、十二月の最後の日ですか？」

「ああ……そうだな。二十九日にはおさらばしたいところだ」

「おさらばって……ぷふっ、えっと、それじゃあ、退職届ってもう出さないとダメなんじゃないんですか？」

大樹の言い方がツボにハマったらしい夏木が、噴きながら出した疑問に大樹は首を横に振る。

「いや、さっき言った当日でいい」

「ええ？　退職届って一ヶ月前に出さないといけなんじゃないんですか？」

「一般的にはそうだが問題ない。何故なら――」

大樹のその後の説明に、後輩達は耳を傾けたのであった。

◇◆◇◆◇◆◇

今になっても、どうしてこうなったのか大樹にはよくわからない。

わからないが、もう決まって実行もされた後である。

なので、大樹は自分の新居となったマンションのインターホンを鳴らす。

すると間もなく、目の前の扉が開かれる。

「おかえりー！」

そんな玲華の満面の笑みに出迎えられて、大樹の頬が綻んだ。

「ただいま」

そう返すと、玲華がニコリと笑う。

「お疲れ様、さあ入って」

「お邪魔しま――」

つい口に出すと、玲華に遮られる。

「違うでしょ？　もう今日から、ここは大樹くんの帰る家なんだし」

「ああ……そうなんでしたね。つい」

「ふふ。まあ、今日は仕方ないけど……早い内に慣れてね！」

「ええ」

苦笑して返すと、玲華が中へ促して足を進めるのに大樹も続く。

「引っ越しの方は問題ありませんでしたか？」

「大丈夫よ。アパートの方も解約しておいたから」

「何から何まで……ありがとうございます」

「いいわよ、これぐらい。私はアパートの鍵開けたりとか、殆ど立ち会ってただけで終わったしね」

「そうですか……」

鍵はこの間の面接の日の帰りに、封筒に入れて玲華に渡していたのだ。

寿司屋で解散した後、帰り道が同じであるし玲華は大樹と一緒に帰る気満々でいたが、大樹のほうは後輩達に二次会へ無理矢理連れ出されたために叶わず、そうしたのだ。

あからさまにがっかりしていた玲華は麻里と二人で夜の街へ消えて行った。

「アパートの荷物はどうされましたか？」

「ああ、一つの部屋にまとめてあるわよ。あ、服だけ別の部屋のクローゼットにしまっておいたから。ジャケットとかね」

「助かります。また後で場所教えてください」

「はいはーい」

上機嫌に声を返す玲華に、大樹のこの引っ越しを喜んるのが伝わってきて、本当に良かったのだろうかと大樹が覚えていた遠慮や懸念が溶けていく。

「それにしても大樹くんの部屋って荷物少ないのね。引っ越し作業、すぐ終わったわよ？」

玲華がリビングへの扉を開いて、大樹もそのまま後に続く。

「まあ、大きな部屋でもないですしね。必要なもの以外はなるべく置かないようにしてましたよ」

「ああね。あと前に話していた通り、布団とか、こっちにもあるものとか処分しといたからね」

「ええ。使わないもの持ってきたって仕方ないですからね」

このマンションが広いとはいえ、スペースは有限である。

何より、大樹の持っていた家具はこの家には不釣り合いだ。

「ねえ、今日は大樹くんがいいって言ってたからご飯炊いてないけど、本当に良かったの？」

いつもの椅子に腰かけながらの玲華の疑問に、大樹は頬を掻いた。

「ええ。後輩達も全員いたから、何かしら夜食手配してきてちょくちょく食ってたので——ですが」

そう区切ると玲華は小首を傾げた。

「が？」

「ええ。なんか玲華さんの顔見たら腹減ってきちゃいまして……」

もしくはこの家に来ることで何かしらホッとしたせいかもしれない。

何が要因かはハッキリとしないが大樹は急激に空腹を感じ始めたのだ。

「私の顔見たらって……ちょっと、それどういうことよ？」

大樹の言い分に玲華はちょっとご不満な様子だ。

自分の顔は食事を連想させるのかと言いたげである。

対して大樹は肩を竦めるだけだ。

「さあ？　俺にもよくわからんので……」

最後にクッと片頬を吊り上げれば、玲華がムスッと頬を膨らます。

「なーんか、馬鹿にされた気がするー」

「そんな、とんでもない。俺が玲華さんを馬鹿にするなんて」

大樹が至極真面目な顔をして返すと、玲華はジトっとした目を向けてきた。

「……なんか、今正に馬鹿にされたような……」

「いやいや、被害妄想もいいところです。玲華さんのことを馬鹿にするなんて、そんな……」

大樹が被害者顔をして言うと、玲華はビシッと指差してきた。

「その顔！　私のことからかってる時の顔でしょ‼」

「何ということを……人が真面目な顔をしてるというのに」

大樹が殊更被害者ぶって言うと、玲華はこれでもかと疑わしげな目を向けてくる。

「……怪しい……」

そこで大樹は仕方ないとため息を吐いた。

「はあ……玲華さんも疑い深いですね。まあ、途中から正解なんですが」

「そんなの当たりま──途中から正解ですって⁉」

憤然と玲華は椅子から立ち上がる。

「ええ、まあ。そうしろとしか思えないようなフリに見えたので」

「どこがフリなのよ⁉」

「どこがと言われても……困りましたね」

「それはこっちの台詞よ⁉」

そこで大樹はひそめていた眉を維持出来ず、ぷっと噴き出した。

「ふっ、くくっ――」

そこからは我慢出来ず、大きく笑い声を上げてしまう。

前に会った時に散々、社長の時の顔を見たせいだろう。

大樹がよく知る玲華のいつもの反応を無意識に求めていたのだと、ここで気づいた。

「ちょ、ちょっと何笑ってんのよ⁉」

「ははっ、あー……はは、すみませんでした」

大樹は素直に謝ることにした。

「むっ……」

そう謝られるとそれはそれで困ると言いたげに唸る玲華に、大樹は微苦笑した。

「それはそうと、腹減ったのでインスタント系で何かもらっていいです？」

「それはそうとって――！　何よ、もう！　別にいいけど！」

プンプン怒りながらも許可をくれた玲華に苦笑し、大樹は勝手知ったるとばかりにインスタント食品がしまわれている納戸に手をかける。が、その前にと、玲華へ振り返る。

「そういえば、言い忘れてました――これからよろしくお願いします、玲華さん」

そう言って頭を下げたのは、これからの共同生活に対してのことだ。

すると玲華は目をパチクリとさせて、仕方なさげに息を吐いてから顔中に笑みを浮かべた。

「ええ、そうね。これからよろしくね！　大樹くん！」

番外編　新入社員綾瀬恵

「お前達の教育係をすることになった柳大樹だ。これからよろしく頼む」

どこか軍人を思わせるようにハキハキとそう言ってきた男——大樹と入社したばかりの綾瀬は、同期二人と共にそんなありきたりな出会いを果たした。

（ちょっと見た目怖いかも……雰囲気は真面目そうだけど）

大樹の厳つい風貌やガッシリした体格と声色から綾瀬が抱いた第一印象がこれである。

入社初日案内されたのは小会議室らしき部屋で、室内には彼と綾瀬と同期らしき二人の四人だけであった。

綾瀬と同期の三人が並んで座る対面に厳めしい面貌の大樹が三人を見渡している。

「それではまず……自己紹介からか。簡単でいい。ああ、出身と趣味辺りは添えてもらおうか。そっちから頼む」

大樹が左手で促した先は綾瀬の立ち位置とは反対側で、同期と思われる小柄な女性がいた。

「は、はい！　夏木穂香です。えっと、出身は千葉です。趣味は、えっと……か、買い物です。よ、よろしくお願いします！」

慌てたようにペコペコとした夏木は綾瀬と同じく大樹に対して怖い印象を抱いていたようで、怯えたウサギのようになっていた。

そんな彼女の様子に大樹はどこか困ったように側頭部をポリポリとかいていた。

「ああ、よろしく頼む……では――」

そう言って目を向けた先には綾瀬の隣にいるそこそこ長身の男である。

「えっと、工藤……天馬《てんま》っす――です。出身は東京、趣味はゲームですかね。よろしくお願いします」

名前を言うところでどこか言い淀んだような彼は、いかにも若者敬語を出してから言い直して簡潔に自己紹介を終えた。

すると大樹は首を傾げて、手に持つ書類――恐らくは名簿らしきものに目を落とした。

「てんま……？」

「はい！　てんま、です！　よろしくお願いします――‼」

大樹の不審な呟きをかき消すように工藤が勢いよく言うと、大樹は驚いたように仰け反り目をパチパチと瞬かせた。

「わ、わかった……てんま、だな」

「はい、てんまっす――です。よろしくお願いします」

「う、うむ……」

納得いったような、そうでないような声を出した大樹は、綾瀬へ目を向けた。

二人の自己紹介の間にすっかり自身を落ち着かせていた綾瀬は瞬時にキリッと表情を改め背筋を伸ばした。

「本日付けで入社しました、綾瀬恵と申します。出身は横浜です。趣味は読書と資格勉強と音楽鑑賞です。不慣れな内はご迷惑をおかけするかもしれませんが、どんな仕事であれ問題意識と向上心を持って真剣に取り組み、一日でも早く仕事を覚え会社に貢献したく頑張らせていただきます。どうかご指導ご鞭撻のほどよろしくお願い申し上げます」

淀みなく言い終えてからスッと一礼する。

（こんなもんでしょ）

簡単でいいと言われたので綾瀬は簡単に済ませた。

すると隣から視線を感じたので目を向けると同期の二人がポカンとしたような、そして裏切られたような信じられないような目をしてこちらを見ていた。

思わず綾瀬がたじろぐと、前から「ゴホンッ」と咳払いの音が聞こえてきた。

「ではよろしく頼む……そういえば俺は名前だけしか言ってなかったな。出身は埼玉、趣味は筋トレと美味いものを食べることだ」

苦笑を滲ませた大樹の自己紹介、というか趣味を聞いて思わず綾瀬は同期二人と納得の頷きをしてしまった。

「これからのスケジュールだが、ビジネスマナー等の研修だな。それが終わったら少しずつ業務に関する研修をして、それから仕事に入ってもらう。今からだが、まずは職場の案内から始めるか。荷物は置いたままでいい。着いてきてくれ」

そう言って腰を上げる大樹につられて三人も席を立つ。

　このような形で綾瀬達の研修は始まったのである。

「――と、もうこんな時間か。キリもいいとこだし、今日はここまでにするか。お疲れ様――帰っていいぞ」

　時計を見上げてそう言った大樹は、綾瀬達を労うと今日一日過ごしていた小会議室を出て行こうとして立ち止まった。

「ああ、タイムカード切るの忘れんようにな、お疲れ様」

　そう言い残して早々と三人の前から姿を消す。その忙しなさに呆気にとられたようになったのは綾瀬だけでなく同期の二人も同じようだった。

　今日初めて会った三人の間に何とも言えない空気が流れ始める。

　そんな中で最初に動き始めたのは工藤だった。

　無言でノートやペン鞄に片付け始め、それを見て綾瀬と夏木も倣った。

「あー、みんな駅までは一緒だよね？　折角だし一緒に帰らない？」

　なんとなくそのまま無言でそれぞれ別々に解散する気配が出かけた中でそんな風に明るい声を出したのは夏木だった。

　特に異論もなかった綾瀬は頷いた。

「そうね、折角だしね」

　それから工藤へ夏木と一緒に目を向けると、工藤は遠慮がちに首肯した。

「あ、じゃあ……うっす」

その返答に夏木は噴き出した。

「ぷっ、あはは っ、なに工藤くん？　もしかして照れてんの⁉」

「て、照れてなんかねえっすよ⁉」

ムキになったように顔を赤くして言い返す工藤に夏木はますます笑う。

「あっははは、わかったって。じゃあ、タイムカード切りに行こ」


「柳さんってさ、見た目怖いけど、思ったほどじゃなかった？　よね？」

会社を出て駅までの道中、夏木が疑問系でそう言い始める。

何せこの三人の共通の話題といえば、何より研修のことであり、そしてインパクトのある自分達の教育係の先輩である。

「そうっすね。いつ怒鳴られるかと思ったんすけど、そうならなくて良かったっす」

工藤が言ったように大樹は自分達を怒鳴るような真似などせず、どころか指導は思いの外、丁寧だったように思えた。

「あっはは、わかるわかる。強面だよね、柳さんって」

「おまけに趣味が筋トレって似合いすぎっすね」

「それそれ‼」

大きな笑い声を上げる夏木につられて、先ほどまでは見えていた緊張感を失くしてリラックスしたように工藤も一緒に笑っている。

(随分と人の懐に入るのが上手い子ね……)

二人のノリにいまいち乗り切れず綾瀬は夏木に対してそんな感想を抱いていた。

「ねえ、綾瀬さんはどう思った?」

夏木に声をかけられて、綾瀬は少し考えてから口を開いた。

「私も最初は怖いと思ったかな……あと、気になったんだけど、柳さんっていくつぐらいなんだろ?」

綾瀬がそう言うと、工藤が不思議そうに言った。

「三十ぐらいじゃないんっすか?」

「あー、だよね。アラサーなのは間違いないんじゃ?」

夏木までそう言うのを聞いて綾瀬は内心で首を傾げていた。

綾瀬も最初はそう思っていた。

ぱっと見では三十代のように思ったが、今日一日接している内にそこまでもないように思えたのだ。

(思ってたより若いんじゃ……?)

そう考えている内に駅が目の前にあり、夏木が言った。

「ねえ、綾瀬さんの名前って恵、だったよね? 名前で呼んでいい? 私も穂香でいいから」

屈託なく唐突にそう提案されて、綾瀬は驚き戸惑った。

「折角の同期のたった一人の同性だしさ！」

そう押されて綾瀬はついつい頷いてしまった。

「え、ええ……」

「やった！　じゃあよろしくね恵！　あ、そうだＬＩＭＥのＩＤ交換しない？」

「い、いいけど……」

「あ、もちろん工藤くんもね！」

「う、うっす……」

こうして遠慮が無くムードメーカーな夏木に引っ張られる形で同期の三人はそれなりに親しくなっていったのである。


「終わりました、柳さん」

「もうか？　どれ……」

ビジネスマナー等の研修も終わり、綾瀬達三人には業務に関する研修が始まった。

大樹からの指導は相変わらず丁寧であり、三人は初対面の時に抱いた「怖そう」「厳つい」という印象を意識しなくなるほどには、大樹に慣れ始めていた。

共有フォルダに綾瀬が作業を終えたドキュメントを大樹が開いて確認する。

「ふむ……概ね問題ないな。だが、ここはちょっと厳しくはないか？」

ざっと見た大樹が好感触を示しつつも綾瀬へ指摘を入れる。

それを聞いた綾瀬が眉間に皺を刻む。

「はい。ですが、それでも十分にバッファを持たせたつもりです。先方のスキームを鑑みるに
——」

反論すると大樹は苦笑しながら耳を傾ける。

「——うむ、よくわかった。だが、ここはやはり先程言った形で訂正しておいてくれ」

「……わかりました」

綾瀬は不承不承に頷いた。

振り返ると同期二人も苦笑していて、思わず綾瀬は目を眇めた。

「なによ」

「べつにー」

「何もないっす」

暫しジトっと二人を見据えた綾瀬は唇を尖らせ、席に戻って指示された通りの訂正を始めた。

「はあー……」

昼休みに入り、ランチをとるために夏木と近所の居酒屋に入った綾瀬は腰を落とすなり大きなため息を吐いた。

「どうしたのよ、そんなにイライラしちゃって。最近はやたらと柳さんに突っかかるし」

夏木に問われて綾瀬は文字通りに頭を抱えて項垂れた。

「うう……やっぱりそう見える……？」

「そう見えるも何も……見たまんまというか……」

そう言って大きく首を傾げる夏木の態度に綾瀬は更に項垂れた。

「……ちょっと、ううん、すごく自己嫌悪」

「自己嫌悪……？　なんで？」

「自分のすごく嫌なところに気づいちゃって……」

「ふうん……？　柳さんに突っかかることと──ああ、もしかしてこないだ課長が言ったことと関係あるの？」

「うう……」

思わず呻きながら綾瀬はコクリと頷いた。

「自分がこんなに嫌な女だったなんて……」

更に呻いた綾瀬はしだれ掛かるようにテーブルへ顔を伏せた。

「う、うーん……まあ私も驚かなかったと言えば嘘になるけどさ。柳さんが高卒だってことは」

フォローするかのような夏木の言葉に思わず綾瀬の肩がピクリと揺れた。

（ああ、もう……！　学歴を意識するとかどう考えても馬鹿らしいのに……！）

綾瀬がこのように思い悩むようになったのは遡ること数日前のこと──

ビジネスマナー等の研修も終わり、いよいよ業務に関する研修が始まるということで小会議室から移動し、自分達のデスクのある大部屋に移った日のことである。

そこで大樹に指示されながらPCのセットアップなどをしていると、綾瀬達の上司である五味課長が酷薄な笑みを受かべて彼らの元へやってきたのである。

「おう柳、どうなんだ、新人達の教育は？　順調に進んでるんだろうな？」

見るからに嘲りの笑みを浮かべて問うその男に嫌悪感を抱いたのは綾瀬だけではなかった。

「問題ありませんよ。順調です」

大樹は五味の態度に構うことなく、素っ気なく答えた。

「はっ、本当だろうな？　しっかし、お前らも可哀想だな」

五味がやれやれと言いたげに首を振りつつ、綾瀬達へ目を向けた。

「……？」

訝しく見返す三人へ、五味はニタニタと嫌らしげな笑みを大樹に向けながら馬鹿にしたように言った。

「お前達は四大卒だってのに、教育係のこいつが高卒なんてな。逆にお前達がこいつを指導してやったらどうだ？　ぶっははは！」

それだけ告げると五味は不快な笑い声を上げながら自分のデスクに戻って行ったのである。

大樹は特に言い返すこともなく、軽蔑しきったような冷めた目を五味の背へ向けていた。

対して綾瀬は色々とショックを受けていた。

第一に自分達の上司である五味が人間的に非常に嫌な人物であるということがわかったこと。

第二に今まで研修を施していた大樹が高卒だということ――これに関してはショックというよりも単なる驚きに近い。だから何だとすぐ思ったからだ。

第三に、だから何だとすぐ思ったとはいえ、大樹が高卒だと聞いて少なからずショックを受けた自分に対してである。

（が、学歴とかどうでもいいでしょ……！）

少なくとも綾瀬は今までの人生に於いて、気にしたことなどない。

どう生きたか、どう生きているかが大事だということを理解している。

加えて今日までの研修生活で大樹が尊敬に足る人物であるということを知っている。

それもあってどうしてショックを受けたのかわからず、混乱してしまったのである。

そうして顔色を変えている綾瀬や、五味を睨んでいる工藤や夏木へ大樹が肩を竦めておどけたように言ったのである。

「ま、俺が教育係で不満もあるかもしれんが、暫くの間は飲み込んで研修を受けてくれ」

苦笑を滲ませたそんな言葉に、綾瀬は過剰に反応してしまった。

「そんなこと――っ!?……不満なんてありません。これからもよろしくお願いします」

綾瀬が頭を下げると、夏木と工藤も続いた。

「本当ですよ。不満なんてありません。これからもよろしくお願いします」

「そうっすね。今時ナンセンスっすよ」

すると大樹は口元に微かな笑みを湛えた。

「……そうか。では作業を再開しよう」

そんな風にその場は収まったのであった。

が、以降、何故か綾瀬は大樹の言う事に対して無闇に言い返すようになった。

それはつまり、心の中でどこか大樹を見下しているのではないかと、それで自己嫌悪に陥ってしまっているのである。

「ふーん……」

綾瀬が自分の胸中を明かすと、夏木は定食の味噌汁を啜ってから気のない声を返した。

「ふーん、ってそれだけ……？」

綾瀬が眉をひそめて咎めるように言うと、夏木は漬け物を頬張って口の中をボリボリと鳴らしながら考えるように目を上向ける。

「いや、話聞いた感じだと、別に恵は柳さんのこと見下してるとかじゃないんじゃないかなって思って」

「……どうして？」

「だってさ、恵が柳さんに言い返してる時って、なんかこう……うん、柳さんのもっとすごい意見を聞いてみたい、とかそんな風に見えるんだよね」

「…………？」

よほど怪訝な顔をしてしまったのだろう、夏木が噴き出しつつ言った。

「いや、だからさ、恵はあの五味課長に柳さんが馬鹿にされたのが嫌で……だから学歴とか関係無しにもっとすごいとこ見せてって突っかかってるように感じるんだよね」

思わず綾瀬は目を見開いた。

「うん、そう。見下してるんじゃなくて、尊敬したからこそ学歴なんか気にならない、ならなくなるほどに自分を指導してほしい……みたいな？」

その言葉を理解する内に綾瀬は顔を赤く染めていった。

そして無言で定食へ伸ばす箸の動きを速める。

（は、恥ずかしい……）

そう、綾瀬は自分が我が儘と八つ当たりを大樹へぶつけていたのだと理解してしまったのだ。

「むっふっふ、甘えられる先輩がいるっていいよね～」

夏木のからかいがたっぷり含まれた言葉に、綾瀬は喉を詰まらせそうになった。

「ゴホッ、ゴホッ……お願い、やめて……」

「はいはい……ねえ、一つ聞いていい？」

「……なに？」

「恵って年上好きだったり？」

「⁉　そ、そんなんじゃないってば‼」

真っ赤になって言い返す綾瀬に、夏木はニマニマとした笑みを返すだけであった。

そうして不本意ながらに自分の心のあり様を理解できた綾瀬は暫くの間は少し落ち着けた。

そう、少しである。

自覚できたが、元々の意識の高さもあって、少しでも納得できないところがあると言い返してしまうのはやはりやめられなかったのである。

その度に夏木から含んだような笑みを向けられて、ハッとしたり顔を赤くしたりと、そんな日が暫く続いたのだった。

そうして入社して一ヶ月も経ちGWも過ぎ、綾瀬達がポツポツと仕事を任せられるようになって日の昼休みが終わりかけた時のことだ。

手洗いから出ようと扉へ手を伸ばしたところで、扉越しに特徴的な声が聞こえてきた。

「おう、柳、ちょっと待て」

（げ、五味課長……）

内心で毒づき綾瀬は手を引っ込めて息を潜めた。

嬉しくないことに五味という男は知れば知るほど嫌いになってしまう人間であり、接触するのは出来うる限り避けたかった。

耳を澄ませると、大樹の声も聞こえてきた。

「……なんですか」

相変わらず五味に対しては素っ気無い声で、綾瀬は噴き出しそうになった。

「どうなんだ、あいつらは？」

「あいつらとは？」

「ああん？　あの新人達のことに決まってるじゃねえか、わかるだろうが」

「はあ。それで？」

「それで、じゃねえ。あいつらの教育の方はどうなってんだ？」

「……どう、とは？」

どこまでも惚けたような返答をする大樹がおかしく綾瀬は肩を震わせた。

「ちっ、いちいち詳しく言わねえとわかんねえのか。どうなんだ、あいつらは？　少しは使えるようになったのか？」

その問いを耳にして、綾瀬はドキっと胸を高鳴らせた。

（なんて言ってくれるんだろ……？）

しょっちゅう大樹に突っかかってることを自覚している綾瀬だが、なんだかんだで大樹は話を聞いてくれるし、やはり相も変わらず丁寧に指導してくれる。それもどんどんと高度な内容になっている。

更に最近では、任せられるようになった仕事を集中してすぐに終えると、驚き感心しながら褒めてくれるようになった。

それは綾瀬に限った話ではないが、中でも綾瀬が特に大樹から褒められているのは同期の二人も認めることだろう。

期待に胸を膨らませつつ耳を澄ませていると、思いもかけない言葉が飛んできて綾瀬は体を強張らせた。

「——ダメですね、全然使えません」

「ああん？　もう一ヶ月だろうが、何やってんだ、お前」

「そう言われましてもね……俺も困ってるんですよ。教えても教えても碌に仕事を覚えないあいつらには。期待してただけにガッカリしてますよ」

「はあ？　ったく、何やってんだ。お前の教え方が悪いんじゃねえのか？　これだから高卒は……」

「……すみません。まあ、連中が使えるようになるのにはもう暫くかかると思いますよ。今まともに仕事振ると余計に時間がかかるだけです」

　この時、綾瀬の脳裏に微かな違和感が走ったのだが、それを気にする余裕は彼女にはなかった。

「ちっ、しっかりやれよ。ったく、これだから——」

　そしてブツブツと愚痴るような声が遠ざかっていく。

「……はあっ」

　最後に大樹の呆れたような、疲れたようなため息の音が耳に入り、そして足音が鳴る。

　その足音が妙なほど耳に響いてきて、綾瀬は体を震わせながらギュッと強く耳を塞いでシャットアウトした。

「それ本当に……？」

「えー……本当に、っすか？」

今日も定時になると退社を指示され、その帰り道に昼休みにあったことを胸の裡にしまっておけず綾瀬が話すと、夏木と工藤は戸惑いの目を向けてきた。

綾瀬は頷きつつ力ない声で返した。

「本当……聞いた私が今でも信じられないけど、ハッキリ聞こえたもの」

「正直、信じられないけど……でも恵がわざわざそんな嘘言う訳もないし……」

「……本当なら、なんすかね……」

「うん。怒るよりも、ガッカリていうか……悲しいよね」

「それな……」

信じたくないけれど、綾瀬がそんな嘘を言うはずもなしと夏木と工藤は納得はともかくとして事実らしいと受け入れたようだ。

「でもなんかなー、そんなこと言うような人には見えないんすけどね」

思いっきり首を捻る工藤に対し、夏木が同意するように頷いた。

「私もそう思う……じゃあ、何か理由があってとか……？」

「うーん……でも、どんな理由があって後輩の俺らこき下ろすなんて真似を……？」

「……なんだろ……」

（何か理由？……っ）

力なく夏木が返すのを耳にしながら、綾瀬は脳裏に過った考えを口にしかけてすぐにやめた。

何故ならそれがまた彼女を自己嫌悪に陥らせるような最低な考えで、更には話したりすれば同期二人から軽蔑されるかもしれないと思ったからだ。

「しかし、柳さんまでそんな人だとしたら、うちの会社いよいよ怪しく思えてきたっす」

眉間に皺を刻んだ工藤が、常にないほど深刻そうに言うと夏木が首を傾げた。

「……何のこと？」

「知らないんすか？　うちの会社、超ブラックだって噂がネットにあったんすよ」

「え」

寝耳に水な様子の夏木を横目に、綾瀬も口を挟んだ。

「私もそれ見たわ。けど、研修は至って丁寧だったから、てっきりただの噂かと思って……っ」

口にしながら綾瀬は気づいた。

そう、その丁寧な研修を担当しているのは、昼に自分達を蔑んでいた柳なのだ。

「それっすよ。俺も柳さんがまともに研修してくれるから、噂かと思ってたけど……」

「その柳さんがやっぱりまともな人じゃなさそうだから……ってこと？」

「そういうことっす。課長も名前通りゴミみたいな人だし」

「……」

思わずといったように開きかけた口を閉ざした夏木だが、思いついたように言った。

「あ、でもさ、私達いつも定時に帰らされてるじゃん⁉　ブラックならそんなことないんじゃないの⁉」

一縷の望みを見出したように目を輝かせる夏木に対し、綾瀬は工藤と一緒に首を横に振った。

「さっき綾瀬が言ってたろ？」

「私達がまだ使えないから下手に仕事関わらせたくないって、そんな感じのこと言ってたから
そういうことなんじゃ？」

「……はあ。じゃあやっぱりブラックなのかな……」

諦めたようなため息と共に呟く夏木に、綾瀬と工藤は否定の言葉を紡ぐことが出来なかった。

そうしてこの日から三人は大樹に対して不信感を抱くようになり、当然のようにそれは露骨
に態度で表れるようになったのであった。


「夏木はS社の設計書の確認を頼む」

「……はい」

「工藤はKO社のダブルチェックを」

「……うっす」

「綾瀬はBB社から返ってきたQA表を仕様書に反映させておいてくれ」

「……了解しました」

「ああ、頼む……？」

あの日からあからさまに大樹と必要以上の接触を避け始めた三人に対して、大樹が怪訝に眉
をひそめている。

だが、三人共作業はきっちりこなしているので、何か疑問を挟もうとしたのを黙って飲み込んで作業に戻ったように見えた。

それでも、それぞれの内心はともかくとするなら、円滑に仕事は周っているかのように見えた。が――

「――終わりました。次の作業は何でしょうか」

指示を受けてから十分と経っておらず、大樹はギョッとしたように肩を揺らした。

「もう終わったというのか？　いくらなんでも早過ぎやしないか」

「指示を受ける前から進めていましたので。確認お願いします。それで次の作業はなんでしょうか」

淡々と告げて催促する綾瀬に、大樹は少し考えてから言った。

「では、同じくBB社の設計書の修正を頼む」

「……わかりました。それが終わったら次の作業はなんでしょうか？」

更に次の仕事について聞く綾瀬に、大樹は時計を見上げてから口を開いた。

「……いや、それが終わったら流石にもう定時だろう。その次の作業については明日告げる」

言い終えて作業に戻る大樹に、綾瀬は即座に返した。

「いえ、私ならその修正もっと早く終わらせれます。なので次の作業の指示をください」

すると大樹は怪訝そうな顔で振り返る。

「どうした綾瀬、何を焦っている」

そう問われて綾瀬はムッとしながら返す。

「別に焦っていません。ただ時間が余りそうですし、手すきになるのが嫌なだけです」

「……時間が余るにしても僅かなものだろう。その間ミスが無いかの確認をしていれば時間になるんじゃないか？　それで今日は十分だ」

「そんな時間の使い方したくありません。私ならもっとやれますので、次の作業を」

即座に言い返した綾瀬に、大樹はマジマジと彼女を見たかと思えば困ったように眉を寄せた。

「いいか綾瀬、そんなに気負って仕事しても、どこかで無理が出る。お前のやる気は十分にわかったから、今日のところは今言った作業を終わらせてくれればいい」

諭すように言われている中で、大樹の顔を見ていた綾瀬の脳裏に以前の声が木霊する。

――ダメですね、全然使えません
――期待してただけにガッカリしてますよ
――今まともに仕事振ると余計に時間がかかるだけです
途端、綾瀬の頭と体がカッと熱くなり奥底から登ってきた衝動を寸でで飲み込んだ。

（そんなに私達は使えませんか!?　あんなこと言ってた癖にそんな風に諭してこないでください――!!）

飲み込んだ言葉を内心で吐き出して、短く息を吸ってから綾瀬は短く答えた。

「……わかりました」

すぐさまに反転して自分の席へ戻る。

そんな彼女の背に大樹は何か言いかけたように一瞬手を伸ばそうとしていたが、諦めたように手を落とし、頭《かぶり》を振って作業に戻った。


一見は円滑でも、その実は一触即発とも言えた。

そんな中で仕事を進めながら、大樹と後輩達の関係は悪化の一途を辿っていたが転機が訪れる。それは研修も終えて一ヶ月も過ぎた五月の後半の頃のことだった。

「明日より三日間、出張に行ってくる。その間の各自の作業については、予定表にまとめているから、それに沿って作業を進めておくように」

突然の大樹からのそんな言葉に、綾瀬は眉をひそめた。

「明日から？　……三日間ですか」

「うむ。俺としても不本意な話だが、急に決まったことでな」

珍しく愚痴めいたことを言う辺り、口にした通りに不本意なのだろう。

「その間のまとめ役は、綾瀬に頼む……いいな？」

「私ですか？　……わかりました」

工藤と夏木に視線を走らせつつ答えていると、二人とも頷いてきたので綾瀬は了承した。

「それでは俺がいない間は綾瀬と中心に予定表を消化するように——綾瀬」

「はい」

「いいか、急な話だったから用意できる作業は予定表に書いてる分だけになる。だから、三日間で予定表通りに作業を消化するように。時間が余れば、ゆっくり確認に使え」

いつになく念を押すように言ってくる大樹に怪訝に思いながら綾瀬は頷いた。

「はい……」

「いいな、三日間で、だからな」

しつこく言い募る大樹に綾瀬は不機嫌さから眉をひそめつつ答えた。

「……わかりました」

すると大樹はホッとしたように息を吐いた。

「……頼んだぞ」

大樹がそう言い残した次の日のこと——

「はー、今日はリラックスして仕事できそうっすね」

「うんうん、ちょっとテンション上がっちゃう」

大樹と冷戦状態のような関係になってから初めて大樹の顔を見ずに仕事が出来るからか、工藤と夏木のテンションが高い。それは綾瀬もで、久しぶりに職場で笑顔になった気がしていた。

「二人共、リラックスするのはいいけど仕事はしっかりしてよね」

「はいはーい、わかってるって、恵——じゃなくて、班長殿！」

臨時まとめ役になった綾瀬へ、おどけたように夏木が敬礼の真似事をしてきた。

「あ、そうか。では班長殿、指示をお願いするっす」

工藤が悪乗りして夏木と同じようにしているのに対し、綾瀬は噴き出してしまった。

「もう、やめてよ二人共。指示出すも何も予定表に書いてるんだから、それ見てやればいいじゃない」

　返答しながら綾瀬は予定表を確認する。

「……ん……？」

　思わず怪訝な声を出した綾瀬に、夏木と工藤の二人が首を傾げる。

「どうしましたか、班長殿？」

「どうしたっすか、班長殿？」

　まだ悪乗りを続ける二人に構わず綾瀬は予定表に書かれている作業内容について反芻する。

（これって、随分とバッファがあるような……ううん、あり過ぎるような……）

　予定表に書かれていた作業の仕事量は、綾瀬の計算では余裕があり過ぎた。普通に――いや、ゆっくり進めても一日余りそうなほどである。

（……ああ、だから三日間でって、あんなに念を押してきたのね……）

　昨日の大樹の態度に得心した綾瀬だが、そこで閃いた。

「ねえ、二人共、ちょっといい……？」

　悪戯心たっぷりな綾瀬の顔に、夏木と工藤は再度首を傾げたのである。

「よし、終わったっす‼」

「こっちもー！　恵は⁉」

「ちょっと待って…………よし、終わったわ‼」

そうして小さな歓声を上げて三人は机越しにハイタッチをする。

「いやー、集中すれば終わるもんっすね」

「ふっふん、これが私達の実力よ」

「思った通りだったわ、お疲れ様！」

三人がこうして盛り上がっているのは、三日間の予定を初日の今日で全て終わらせたからだ。

三日間で終わらせるように指示されていたにも関わらず、どうしてそうしたのかといえば、簡単なことである。

「──これでもう私達のこと使えないなんて言えないでしょ！」

意趣返しである。

「三日かけてやれって仕事を一日で終わらせたもんね。それもまだ定時じゃないし」

「そうっすね。あー、でも流石に集中し過ぎて疲れたっす」

億劫そうに肩へ手を伸ばしながらもその顔は達成感に満ちている。

そこで夏木がニコニコとしながら言ったのである。

「そんでさ、明日と明後日の作業どうする？」

ハタと我に返る綾瀬と工藤。

「あー、そ、そうね……確か余った時間は確認に使えって柳さん言ってたけど……」

「……今日一日で終わった仕事の確認を二日使うってことっすか……？」

そう口にしながらも顔では流石にそれは無いだろうと物語る工藤。

「そうよね。流石にそれは……今日の余った時間は確認に使うとしても……やっぱり明日と明後日は……」

と言いながら、綾瀬は躊躇いがちに彼らの上司である五味の方へと目を向ける。

出来うる限り接触したくないが、今回ばかりは致し方なしだろう。勢いでやってしまったとはいえ、今日一日で終わらせることを決めた彼らの自業自得なのであるから。

「……私が提案したし、私がまとめ役任されたんだし、私が聞いてくるわね……」


「あん？　明日と明後日の作業だと？　お前ら柳から作業振られてたんじゃなかったのか？」

相変わらずチンピラみたいな口調の五味に睨まれ、綾瀬は怯みそうになりながら返答する。

「はい。ですが、それは今日終わらせてしまって。なので、明日と明後日の作業についてご相談したく……」

綾瀬が話すと、五味は怪訝に眉をひそめた。

「……？　つまり何だ？　お前ら、柳から振られた三日間分の作業を今日一日で終わらせたってことか？」

「はい」

綾瀬はドヤ顔になりそうなったのを我慢した。

人間的にまったく尊敬出来ないが、仮にも上司である。五味が未だに綾瀬達について大樹から酷評しか聞いていなければ大層、良い意味で驚かせることだろう。

（これも意趣返しの一部よね）

「ちっ、どういうことだ……？　おい、お前らが今日やった作業と柳からの指示を詳しく教えろ」

苛立たしげな五味に、綾瀬は共有サーバーにある大樹が作成した予定表が置いてあるディレクトリのアドレスを伝える。

「ちっ、なんだってこんな訳わかんねえとこ置いてんだ、あいつは……これか……」

そして予定表を開いて中身を確認した五味は、ギロリと綾瀬を睨んだ。

「おい、この作業をお前達は本当に今日終えたんだな？」

「は、はい……」

答えると五味は綾瀬に聞かせるでなく、舌打ち混じりに独り言を呟き唸り始める。

「ったく、どういうことだ……？　聞いてた話と全然違うじゃねえか……いや、だが……」

途端、五味はニタリと嫌らしい笑みを向けてきて、綾瀬は何故だか鳥肌が立った。

「つまりお前ら今日やることが無くなった上に、明日と明後日の作業も無いってこったな？」

「は、はい」

返事をすると五味はますます笑みの色を強くした。

「ほーう、ならちょうどよかった。この案件頼むわ」

そして引き出しから引っ張り出した書類が机の上にドサリと載せられる。

「この案件……ですか？」

中身をざっと確認したところ、明日と明後日の三人で二日頑張ればなんとか終えられるだろう、確かにちょうどいい仕事量の内容だった。

（流石に課長やってるだけあって仕事は出来る、か……）

五味の評価を上方修正しつつ綾瀬は了承する。

「わかりました」

「三人ならすぐ終わるだろう――」

「頑張ります」

そう返事をして、振り返ろうとした綾瀬へ五味は続けて言ったのである。

「――任せたぞ。明日までだからな」

ピタッと綾瀬の体が固まる。

「は……？」

愕然とした顔を向けると、五味は何でもないように言った。

「柳のやつにやらせようとしたんだがな、ったく肝心な時に使えねえやつだ」

「え、ちょっと待ってください。明日までってどういうことですか⁉」

慌てて疑問をぶつける綾瀬に、五味は鬱陶しそうに返した。

「どういうことも何も明日までは明日までだろうが。早くとりかからねえと終わらねえぞ。ああ、明日の朝までだからな。任せたぞ」

「――っ⁉」

綾瀬は絶句するという意味をこの時初めて身をもって知ったのであった。


「本当に本当にごめん……」

「いや、いいっすよ。課長に話聞きに行くのは仕方ないって俺らも納得してたし……」

「そうそう。恵だけの責任じゃないって」

「ううん。元はと言えば、私が今日中に終わらせようって言ったんだし……」

「いや、それ俺達も了承したんだし」

「そうそう……にしても初めて残業してわかったけど、けっこーな人残ってんのね」

「げ、終電の時間……」

「ねえ、二人共帰っていいよ。後、私やっておくから」

「何言ってんのよ！　恵だけ残して帰れますかって。それにこの時間まで残ってるの私達だけじゃないし……五味課長はいつの間にか帰ってたけど」

「あのおっさんマジゴミっすね。それに綾瀬だけ残っても明日の朝までには無理っしょ」

「……」

「あはは、初めての残業が徹夜になるなんてね。なんか逆にテンション上がってきたよ」

「お、終わった……お疲れ様、二人共」

「は、はは……空が明るい……」

「ねっむ……コンビニで朝飯買ってくるっすけど、二人は何がいいっすか？」

「工藤くん優しー！　私サンドイッチ！」

「ありがとう。私は菓子パンでいいかな……あと、歯ブラシも欲しい」

「あー、歯ブラシは人数分っすね。ＯＫっす」

なんとか朝までに作業を終えた三人は軽い朝食を済ませると、机の上で寝落ちし、気づけば間もなく始業時間となっていたのである。

「ほう、ちゃんと終わらせたか。やるじゃねえか」

五味は徹夜をして仕事を終わらせた綾瀬達を、ご機嫌に労った。

「あ、ありがとうございます……それで私達、今日はもう失礼したいと――」

昨日から徹夜で集中し続けて仕事をし、ほんの一時間程度しか寝ていない綾瀬達はもう限界であった。だけでなく、勤務時間的に考えるとどう考えても今日はもう帰っていいはずだ。

だというのに、五味は鼻で笑って一蹴したのである。

「何言ってんだ。今日はまだ始まったばかりだろうが。お前らにやってもらいたい仕事がある」

昨日に続けての絶句――呆れも含んだ――綾瀬に向かって五味は鷹揚に言ったのである。

「が、まあ、俺も鬼じゃない。昼まで仮眠をとっていい。昼休憩が終わったら業務に戻れ」

言うだけ言って席に戻ろうとした五味を綾瀬は呼び止めた。

「待ってください！　その仕事の納期は⁉」

「あん？　ああ、確か……明後日の朝までだったな。だから今回のよりは余裕あるだろ」

そんなことをドヤ顔で言われて、綾瀬は『呆れてものも言えない』ということを、実に身を持って知ったのである。

色々と突っ込みどころが多すぎた。

仕事量がどれだけなのかもわからないのに、たった一日多いから何だというのか。

作業内容によっては今回の仕事よりハードになるかもしれないというのに。

「ちょ、ちょっと待ってください――！」

何とか絞り出すように声を上げるも、五味は背を向けたままおざなりに手を振って言ったのである。

「仕事の説明は午後にやるからな。任せたぞ」

こちらの意見をまったく聞く気がないことがわかって綾瀬は呆然とした。

「……綾瀬、とりあえず寝よう。でないと次の仕事に耐えれると思えねえっす……」

工藤が諦めたような声色で諭してきたのを綾瀬は力なく頷いて返すしか出来なかった。


「ふあ……恵、進捗どんな感じ？」

「今のペースだと……」

「こりゃ今日も帰れそうにないっすね……」

「ということは明日も帰れない……？」

「明日は何としても……ううん、ねえお願いだから二人共帰って？　私やっておくから」

「そうして明日やっぱり帰れそうにない、となると余計にしんどそうっすね」

「だね、だから今日も徹夜だぜい、ひゃっほー」

「……」


「……残業してる人本当多いっすね……」

「ねえ、もう終電過ぎてるのにこんなに人残ってるなんてね……」

「慣れた感じで寝袋使ってる人まで……これはもうやっぱり確定みたいね……」

「間違いないっすね。ここ超ブラックだ、はは……」

「私達ってけっこう間抜け？　入社してけっこう経ってるのに……」

「いや、でも俺達って定時になると柳さんに帰らされて……っ」

「……あ、あー、もしかして……？」

「……五味課長に私達は使えないって酷評していたのは柳さんで……私達を使えるって判断してからこんな仕事押し付けてきた五味課長……」

「おまけに自分がいない間は三日間で消化しろ、か……あー、確定っすかね、これは……」

「え、ま、マジで……？」

「わ、私、柳さんになんて謝ればっ……」

「ちょ、ちょっと恵⁉　そんなの誤解して——っていうか、あんなの聞いたらそう考えてしまうのは仕方ないって！　泣かないでって」

「ううっ……柳さんに対してだけじゃなく、私が二人に余計なこと言ったばかりにっ……！」

「あ、綾瀬？　き、気にしてないっすよ、俺は⁉」


この日は三人にとって本当に色々と衝撃な日となった。

自分達が所属している会社のブラックぶり。

それから自分達がどれだけ守られていたか、それが誰からの真心だったのか。

誤解してしまうのは仕方なかったにしても、それまでの自分達への接し方や態度、丁寧な指導などを鑑みて、もっと疑い、考え、信じることも出来たはずだったこと。

浅はかな考えで大樹の心配りを台無しにしてしまったこと——後悔ばかりが出る日だった。


「定時過ぎてるのに、どうしているんだお前達……？」

仮眠を挟みつつ明くる日——つまりは大樹が出張に行って三日目のこの日も、納期に追われて仕事に専念している内に定時が過ぎたところで、突然その声が聴こえてきて三人は一斉に顔を上げた。

「柳さんっ——！」

「お、おう……？」

出張前と違う、好意的でありつつ申し訳なさが伴った三人の反応に戸惑ったような大樹。見ると、スーツケースが脇にある。出張を終えてからこちらに来たようだ。

「あ、あの、柳さん、私、私……」

大樹の顔を見てからここ数年で覚えがないほどの安心感が湧いてくるのを自覚しつつ、綾瀬が言い募ると、大樹は落ち着けと言わんばかりに手を振る。

「よくわからんが、状況を説明してくれ。定時が過ぎてるのにどうして帰っていないんだお前達は……？」

そう問われて三人は一斉に口篭もってしまった。

自分達の浅はかで馬鹿な考えのせいで、大樹の心配りを台無しにしてしまったことを素直に口に出し辛かったのだ。

「どうした……？　綾瀬？」

「あ、あの、実は私のせいで……」

それだけなんとか言葉にすると、すかさず工藤と夏木の二人が口を挟んできた。

「綾瀬のせいだけじゃないっす‼」

「恵のせいじゃない‼」

碌な説明も無しにそんなことだけ聞かされた大樹は説明を受けるのを諦めたのか、綾瀬の肩越しに彼女の作業内容を映しているディスプレイを眺めた。

「これは……ZG社の案件……？　どうしてお前達が……？」

一日でどこの案件かを察した大樹に驚いていると、別方向から今では不快感しか覚えない声が飛んできた。

「なんだ柳、今日は直帰じゃなかったのか」

「課長……いえ、ちょっと気になったもので」

「ふん、まあいい。おい柳、てめえ教育係なら新人がどの程度使えるかぐらいしっかり把握しておけ。おかげでこいつらの時間を無駄にするとこだったじゃねえか」

その言葉を受けて大樹はハッとしてから再度綾瀬の机の上のディスプレイに目をやり、工藤、夏木、綾瀬の顔を順に見やってから額に手を当てて唸った。

「……そういうことか……お前達、昨日は帰ったのか？」

どうやら全部察されたようで、三人は「いいえ」と力なく首を横に振った。

「……一昨日は？」

これもまた同じように返すと、大樹はやるせないように大きくため息を吐いた。

「大体わかった……とりあえずお前達今日はもう帰れ」

反論しようと綾瀬達三人全員が口を開く前に先に五味が口を挟んだ。

「ああん、お前何勝手なこと言ってやがる⁉ こいつらには明日までの仕事任せてんだぞ！」

「二徹したこいつらにですか？　課長がやればいいでしょう。どうせ昨日も一昨日もこいつらのこと置いて帰ったんでしょう？」

白けた目で見てきたように咎める大樹に、五味は言い淀みながら怒鳴った。

「て、てめえ！　俺には重大な用事がだな‼」

「はいはい、さぞ重大な飲み会だったんでしょうね」

ぶっきらぼうに返した大樹は五味から視線を外して三人を見渡した。

「とにかくお前達は帰れ。ひどい顔してるぞ。帰ってゆっくり寝てこい」

「で、ですが――」

綾瀬が反論しようとすると、またも五味が口を挟んできた。

「おい、柳！　なんだ、その態度――」

「――うっせえな‼　俺がこいつらと話してんだろうが、少し黙ってろ‼」

一喝、と呼ぶに相応しい見事な迫力を伴った怒声だった。

驚き身を竦ませる五味へ大樹がギラリと睨むと次第に五味は目を逸らし口篭もった。

「な、な……」

「――とにかく今日は帰れ。後のことは心配しなくていい」

眼光の鋭さは五味に向けていたものと比べるまでもなく弱かったが、一連の大樹の迫力さにすっかり心胆寒からしめられた綾瀬達はコクコクと頷いて帰り支度を始めた。

ともあれ、唐突に始まった三人のブラック勤務は、このようにして一つの終わりを見せ、そして始まったのである。

もちろん、その中で四人の結束が固まっていったことは言うまでもないことである。


（続く）

社畜《しゃちく》男《おとこ》はB人《びじん》お姉《ねえ》さんに助《たす》けられて――③

2021年5月2日　第1刷発行

著者　櫻《さくら》井《い》春《はる》輝《き》

発行者　島野浩二

発行所　株式会社双葉社
〒162-8540
東京都新宿区東五軒町3-28
電話　03-5261-4818(営業)
　　　03-5261-4851(編集)
http://www.futabasha.co.jp
(双葉社の書籍・コミック・ムックが買えます)

印刷・製本所　三晃印刷株式会社

フォーマットデザイン　ムシカゴグラフィクス



ISBN978-4-575-75289-2　C0193
Printed in Japan

Mさ02-03

社畜男はB人《びじん》お姉さんに助けられて——
3
Author
櫻井春輝
Illustration あむ
モンスター文庫

如月《きさらぎ》玲《れい》華《か》
Kisaragi Reika

「改めて強く思いました――
ここで、働きたいです……！」
綾瀬《あやせ》 恵《めぐみ》
Ayase Megumi

「お……は……よう、大、樹くん」
リビングに入ると、玲華がヨガっぽいストレッチをしていた。